苍穹云下似画廊，
江河大川唱朝阳。
我心飞翔九万里，
民族复兴诗千行。
奋翅只为中国舞，
圆梦时刻庆万邦！

诗画中国梦

一清 ⊙ 著

红旗出版社

图书在版编目（CIP）数据

诗画中国梦 ／ 一清著 .
—北京 ：红旗出版社，2013.9
ISBN 978-7-5051-2825-5

Ⅰ . ①诗… Ⅱ . ①一… Ⅲ . ①诗集—中国—当代 ②艺
术—作品综合集—中国—现代 Ⅳ . ① I227 ② J121

中国版本图书馆 CIP 数据核字 (2013) 第 215573 号

书 名	诗画中国梦		
著 者	一清		

出品人	高海浩	选题策划	张佳彬
总监制	徐永新	责任编辑	万方正　张佳彬

出版发行	红旗出版社	地 址	北京市沙滩北街 2 号
邮政编码	100727	编辑部	010-64035072
E—mail	hongqi1608@126.com	发行部	010-64024637
欢迎品牌畅销图书项目合作		项目部	010-84026619
印 刷	北京画中画印刷有限公司		

开 本	787 毫米 ×1000 毫米	1/16	
字 数	120 千字	印 张	14
版 次	2013 年 10 月北京第 1 版	2013 年 10 月北京第 1 次印刷	

ISBN	978-7-5051-2825-5	定 价	48.00 元

目 录

第一编 我的梦 · 中国梦

第二编 中国梦·中国精神

第三编　中国精神·中国文化

第四编 中国形象·中国表达

刘云山在深化中国梦宣传教育座谈会上强调
推动形成实现中国梦的强大精神力量

　　中宣部、教育部、共青团中央8日在京召开深化中国梦宣传教育座谈会，学习贯彻习近平总书记重要讲话精神，研究和畅谈如何深化中国梦宣传教育，凝聚全面建成小康社会、实现中华民族伟大复兴的强大力量。中共中央政治局常委、中央书记处书记刘云山出席会议并讲话，强调把中国梦宣传教育不断引向深入，要在突出思想内涵、增强认知认同上下功夫，在把握实践要求、推动实际工作上下功夫，积聚团结奋进的正能量，激励人们在中国特色社会主义伟大实践中同心共筑中国梦。

　　座谈会上，教育部、共青团中央和中央新闻单位负责人，专家学者、道德模范、基层群众和大学生代表等18位同志踊跃发言，谈认识、谈体会、谈建议，抒发理想、展望未来，交流互动深入、会场气氛热烈。大家认为，习近平总书记提出实现中华民族伟大复兴的中国梦，道出了亿万中华儿女的心声，具有强大的凝聚力感召力。中国梦是你的梦、我的梦、大家的梦，是13亿人共同的梦。大家纷纷表示要立足本职岗位，扎扎实实做好自己的工作，为实现中国梦贡献智慧和力量。

　　刘云山在认真听取发言后说，中国梦视野宽广、内涵丰富，升华了我们党的执政理念，是当今中国的高昂旋律和精神旗帜。学习领会中国梦的精神实质，要把握好国家富强、民族振兴、人民幸福的基本内涵，把握好坚持中国道路、弘扬中国精神、凝聚中国力量的重要遵循，把握好中国梦是人民的梦这一本质属性，进一步坚定自信、增强自觉、实现自强，努力建设强盛中国、文明中国、和谐中国、美丽中国。奋斗是成就事业的基石，唯有奋斗才能踏进梦想之门，如果纸上谈兵而不真抓实干，再美好的梦想也不可能成真。每个中国人都是"梦之队"的一员，都是中国梦的参与者、书写者，大家心往一块想、劲往一处使，就能够汇聚起实现中国梦的强大力量。

刘云山说，深化中国梦的宣传教育，要同中国特色社会主义宣传教育结合起来，同社会主义核心价值体系建设结合起来，引导人们坚定理想信念、构筑精神支柱，积极投身实现中国梦的生动实践。要把中国梦的宣传教育融入各级各类学校教育教学之中，融入未成年人思想道德建设和大学生思想政治教育之中，融入校园文化建设之中，做到进教材、进课堂、进学生头脑。社科界要切实加强理论研究，深入阐释中国梦的重大意义、精神实质和实践要求，为深化中国梦的宣传教育、实现中国梦的伟大实践提供有力支撑。

中共中央政治局委员、中央书记处书记、中宣部部长刘奇葆主持会议。中央有关部门负责同志参加。

（《人民日报》2013年4月9日第1版）

把诗写在天安门广场

这个题目一定有些吸引人，因为天安门广场不是一般的地方，有谁能将诗写出来"发表"到那个庄严的地方去？这可是件了不得的事。

很幸运，本书作者做到了。

在接下来您所读到的这些小诗中，大多"发表"在广场的 LED 屏上。

一首最让人眼熟的小诗是这样写的：

始信泥土有芬芳，

转眼捏成这般模样。

你是女娲托生的精灵，

你是夸父追日的梦想。

让我轻轻走过你的跟前，

沐浴着你童真的目光；

让我牵手与你同行，

小脚丫奔跑在希望的田野上。

呵，中国

我的梦，

梦正香……

　　这是一首写"梦"的小诗，配发在天津泥人张创作的彩色泥塑作品"小姑娘"《中国梦 我的梦》的边上，被全国很多媒体转载过，也被很多人喜欢过。在天安门广场"发表"后，更是吸引了海内外无数人关注的目光。

　　广受关注，一定是"中国梦"，是"中国梦"之"我的梦"和"梦正香"的关系与状态，是这种对于"中国梦"推送方式及其话语转换的尝试。当天安门广场的发布平台除了发表"高举旗帜科学发展，团结奋斗共建小康"一类的政治性标语外，也发表"让我轻轻走过你的跟前，沐浴着你童真的目光"这般小诗时，走过广场的人们定然会感受到这里萌动着的暖意与变化。

　　另有一首小诗是这样写的：

　　　　梦想是尚未拆开的一封信，
　　　　梦想是前行路上的一盏灯；
　　　　梦想是春天播种的希望，
　　　　梦想是民族复兴的锦绣画屏。
　　　　圆我中国梦，
　　　　举世听春莺！

　　这里同样是说"梦"的，说的是"中国梦"——"我的梦"，但这里的梦是诗意化的，不是既往在阐述某种重大政治主张时的那种话语体系，而是刻意地寻找着与更多人相接近的一种新的表达方式。这就像用"中国梦"来表达中华民族的目标追求一样，都是新的话语方式的尝试，这表明文风在转变中。文风的变化，表明作风的变化，而后者，我们正在感受着……

　　"中国梦"就是中华民族的伟大复兴。习近平主席说得好，"中国梦追根到底就是人民的梦"。习主席在第十二届全国人大第一次会议上，对"中国梦"的"共同"与"个人"梦想有过这样的阐述，"中国梦是民族的梦，也是每个中国人的梦。只要我们紧密团结，万众一心，为实现共同梦想而奋斗，实现梦想的力量就无比强大，我们每个人为实现自己梦想的努力就拥有广阔的空间。生活在我们伟大的祖国和伟大时代的中国人民，共同享有人生出彩的机会，共同享有梦想成真的机会，共同享有同祖国和时代一起成长与进步的机会"。习近平主席的这些话，生动、透彻、精彩，是那种每个人都能"听得进，记得住"的话，而这些话的内涵又是如此丰富，不仅给予我们以"中国梦"的宽阔视野，也升华了党的执政理念。这种话语方式，确如春风新沐，予人以"千里莺啼绿映红"、"春在陌上燕子风"的感觉，"中国梦"因此具有了更多的诗情画意。

　　如何使诗情画意的"中国梦"让更多人更快地了解，从而加入到圆梦队伍并成为"梦之队"的一员，这是我们文化工作者的迫切任务。在中宣部、教育部和共青团中央的座谈会上，中央政治局常委刘云山有段话很给力，他说："习近平总书记提出实现中华民族伟大复兴的中国梦，道出了亿万中华儿女的心声，具有强大的凝聚力感召力。中国梦是你的梦、我的梦、大家的梦，是 13 亿人共同的梦。"这 13 亿人的"共同梦"怎么阐述，无疑给我们提出了一个新命题。于是，我们尝试着用诗、画的方式来诠释心中的"中国梦"。

　　这便有了"讲文明树新风"——"中国梦·梦系列"这个创作团队，便有了这个团队遍访全国各地寻找民间作品来阐述"中国梦"的努力，便有了天津泥人张、杨柳青，河北蔚县、山西广灵、河南舞阳等地的包括剪纸、农民画、年画为创作素材的大量民间作品的汇集，用老百姓的视角来讲述他们对于"中国梦"的理解，于是出现了大量生动鲜活的原创性作品，这就是我们前面提到的"小姑娘"和"梦想是尚未拆开的一封信"这般作品的来由。

中央政治局委员、中宣部部长刘奇葆在江苏、山东调研时说，"要把中国梦的宣传教育作为一项重要任务"，"进城下乡，进村入户，进头脑、进工作、进课堂"。这为"讲文明树新风"——"中国梦·梦系列"公益广告指出了具体路径。于是，全国各地的建筑围挡上，都出现了"中国精神、中国形象，中国文化、中国表达"这样阳光、向上、正能量的公益广告作品。在一些城镇乡村的公园、文化广场、公共汽车站、商场等场所，都可以看到"中国梦"的诗配画作品。在北京，热闹的西单文化广场和商厦、孩子们玩耍的动物园以及人气旺盛的首都航站楼等处电子显示屏上，都播放着"中国梦·梦系列"公益广告。再接下来，顺理成章地，这些作品就集中上了天安门广场……

当然，所谓"把诗写在天安门广场"，只是一种夸张的说法。虽然确有其事，其实更多的是"进城下乡，进村入户"的一种方法，"进头脑、进工作、进课堂"，深入人心，务求实效。

这里将"讲文明树新风"部分公益广告诗配画作品集合在一起，命名为《诗画中国梦》，由国家权威的红旗出版社出版，希望通过这种努力，能让"中国梦"的美丽放送更好地走进城市乡村，"进村入户"，滋润人们的心田。

一清

癸巳年夏于北京

第一编

我的梦·中国梦

1 中国梦 我的梦

◆《中国梦 我的梦》（泥人张彩塑）　天津 林钢作

始信泥土有芬芳，

转眼捏成这般模样。

你是女娲托生的精灵，

你是夸父追日的梦想。

让我轻轻走过你的跟前，

沐浴着你童真的目光；

让我牵手与你同行，

小脚丫奔跑在希望的田野上。

呵，中国

我的梦，

梦正香……

真想不到，就那一刻的发现，她成了全国最红的小泥人儿。

一开始，她就静静地待在天津泥人张的作品柜里，谁也没有注意到她的存在。她的身上都有些蒙尘了，本来清亮的眼睛也因为灰土的关系显得有些心不在焉……她似乎等了很久很久，一直在等待着那个发现她价值的人。

这一天来了。

从北京来的客人第一眼就发现了她的存在。

她似乎不该放在那个柜子里，她被立即请了出来。

请出来了的她，清洗了灰尘，被放在了摄影师的灯光架下。

就在那一刻，她的命运发生了180度的大改变。

这种变化就是当下最有影响的明星恐怕也未必有这般幸运，因为，她马上就要有新的"身份"了，而且跨越时空，不仅成了"女娲托生的精灵"，还是"夸父追日的梦想"。她被赋予了很多她的原创者想都不曾想过的意义。

小姑娘那一脸的善良温和，一汪水般的童真目光，让多少人陶醉。于是，在接下来的故事中，小姑娘的身影出现在全国各地的大街小巷，铁路、航空的大型视觉空间，出现在西单人流密集的商业大厦、首都国际机场，甚至出现在天安门广场……

这一切都太神奇了。

这多像一个梦，一个神奇的梦。

或者在我们当下这个社会，这个资讯发达的新媒体时代，什么事情都可能发生，什么奇迹都可能出现。这位小姑娘身上的故事就成了"中国梦"的一部分，"我的梦"就是"中国梦"，"中国梦"也是"我的梦"……

于是，小姑娘成了全国最红的"人"，这或者与她的一身红装有关，与她"梦正香"的状态有关。

于是，她理所当然地成了"讲文明树新风"——"中国梦·梦系列"公益广告的"代言人"。

她吸引了全国亿万目光……

◆天安门广场

> **@一清博媒：**
>
> 这小丫头不会长大吧？最好不要长大，就停在我们的记忆里。因为我担心她那脸的纯真会因岁月的流逝而发生变化。好在，她是泥人之家的女儿，😄 呵呵……

⊙ 话说中国梦

"中国梦"是当下中国人使用频率最高的一个词汇。"中国梦"的提出，是习近平总书记在 2012 年 11 月 29 日参观《复兴之路》展览时第一次阐述的概念。他说，"中国梦"就是实现中华民族伟大复兴的梦，是中华民族近代以来最伟大的梦想。"中国梦"的提出，使得 2013 年春的"两会"因为"梦想"而变得飞扬热烈，代表们讨论起来有着说不完的话题，而习总书记面对着 2948 名代表又对"中国梦"进行了系统的阐述。在 25 分钟左右的讲话里，竟有 9 次提到"中国梦"。

"中国梦"的本质内涵是什么呢？就是实现国家富强、民族复兴、人民幸福。

也许有人会问，为什么要提出"中国梦"呢？这是因为，"中国梦"为中国社会的奋斗赋予了意义。我们知道，中国社会近三十年发展之迅速，可以用"一日千里"来形容。我们的发展与进步靠什么？大概不能总靠着人的本能与欲望。虽然追求个人利益以实现社会的发展这本身不会有多大的错，而且人通过奋斗以实现自己的利益也是天经地义的，是社会进步最深层次的动力。但是，发展的动力不能成为发展的目标，如果倒置了这种关系，就会出现很严重的问题。中国社会经过几十年的改革开放，已经有了很好的积累，正是因为有了这种"积累"的铺垫，我们才有了转变话语方式的机会。需要给人民群众寻找一种把我们的奋斗跟未来憧憬能够凝为一体的目标，这就是"中国梦"将要解决的问题。从这个意义上说，"中国梦"为我们的奋斗给予了宽频的视角和深广的意义。

② 中国好棋

对弈小神童，尚在长成中。
游戏无规矩，打闹是常情。
但凡说故事，必须中国赢。
落子成定局，欢呼起高音：
中国我爱你，年少正青春！

◆《中国好棋》（泥人张彩塑）　天津 王润莱作

在你见到这个泥塑作品以前，恐怕无论如何也不会想到，就这样两个小泥人，在文化人的眼光审视下，就成了"中国好棋"这样的"大格局"。

我没能够访问天津泥人张这个作品的作者王润莱先生，当初他在创作这两个小泥人时有何想法，也没能够听取这一作品以《中国好棋》之名作为公益广告推出且誉满全国后他的个人感受。我想，作为原创者，一定不会排除这样的想法：升华是何其重要的一件事，给作品注入灵魂，是一个永恒的话题。

虽然有关这一作品从命名到设计制作，一直在我们的手上流转着，其间还有过"中国赢了"的最初命题设计。但是，当我们第一次在主流报刊上看到对开大版的登载时，《中国好棋》带给我们的震撼还是极大的。

那一天，我们乘坐从山西运城到北京的航班，登机后空姐给我们拿来了当地当天的报纸。十分醒目的是《中国好棋》以一个整版的篇幅出现在我们眼前，那些放大后的细节，比我们在电脑上看起来更加生动，更有张力。

我们的情绪显然感染了其他乘客。很快，这一份报纸便成为当天机上乘客的最爱。人们在读着孩子的生动，在品味着孩子调皮的表情，"但凡说故事，必须中国赢"，"落子成定局，欢呼起高音：中国我爱你，年少正青春！"

有这样的少年，有这样的青春后辈，"中国梦"的梦圆时刻，你能想像得出的那份欢欣，定然会等着你我……

@一清博媒：

发型太酷了！不知这对小人儿跑起来、打起来是个什么样子？能跑一圈看看吗？😎 开打就免了。

⊙ 话说中国梦

提出"中国梦",提出未来我们共同的追求和目标,这与中国特色社会主义这个"共同理想"是一致的。随着网络的普及,人们说话方式也有些变化,"中国特色社会主义共同理想"这样的语词,似乎需要转换一种方式来"说"更利于我们主流价值的话语有效送达。在本书第一个图例《中国梦 我的梦》中,小姑娘"做梦"的表情,那种"梦正香"的状态,就可以很生动地传递给受众以中国梦就是"我的梦"这样的理念,"中国梦"所要实现的社会共同目标,就包含了"我的梦"这样的个人奋斗目标。所以,用"中国梦"这样的话语来表达社会的"共同理想",这是对意识形态话语进行的创造性转换。

在这个作品里,我们不是很自然地接受了"中国好棋"——好的大局、好的民风、好的人民、好的新一届班子这样的概念吗?"中国梦"就是这样一种为大家所乐意接受的新表达。

当然,"讲文明树新风"——"中国梦·梦系列"公益广告,也是在此基础上的一种尝试,是对既有话语方式转换的摸索。

③ 中华圆梦 万马奔腾

山呼海啸风，
动地起洪钟。
千古华山月，
万里箭张弓。
中国梦，
民族复兴，
气势壮如虹！

我们从北京开车去河北蔚县，走了近4个小时，到达蔚县的剪纸展览现场时，已经是下午一点多了。来不及吃点什么，我们一行人便去那个剪纸一条街，一家一家地看，一家一家地访。我们当然希望发现好作品。毫无疑问，这幅作品让我们眼前一亮，那种万马奔腾的气势，正是我们想像中的"奔梦"感觉。

请大家不要忘了我上面的提示"蔚县剪纸"这四个字，这里呈现的可不是平时看到的"国画"，而是真真实实的"剪纸"作品。在蔚县，我们还看到了很多这样具有震撼力的剪纸作品，也将在接下来的篇幅中一一呈现。

徘徊在"万马奔腾"这样的作品面前，我仿佛听到了阵阵奔马嘶鸣，感受到了这马蹄敲响秦月汉关似的气势与力度。于是，脱口而出的就是左页这样几句小诗。以至于几句吟出后，没有再改动一个字，便以手机短信方式将其传到了设计人员的工作台上……

✏ **@一清博媒：**

看这架势，可都是北方草原的汗血宝马奥运良驹啊！😆 给力！这个地处恒山、太行山、燕山三山交汇之处的蔚县，虽不产宝马，但纸上的"万马奔腾"更见气势，这或者就是艺术的力量。

◆《中华圆梦 万马奔腾》（剪纸） 河北蔚县 焦新德作

4 华夏圆梦 天下归心

谁的巧手织出春花烂漫，
谁的心灵引来百鸟翩跹？
春回大地，凤翔九天；
天下归心，华夏梦圆。
这中国梦的富贵底色哟，
是美丽祥和的精神港湾。

这同样是剪纸作品，同样出自河北蔚县。

说实话，不到现场，不看着人家民间艺人操刀动剪，真难以相信色彩如此丰富的艺术品是剪刀把玩之下给弄出来的。把玩作品的每一个细节，那份精致、那份高超，真是让人无法想像民间艺术工作者的那种创作天赋。

据了解，在河北蔚县，剪纸是一种有着悠久历史传统的艺术工艺，有着深厚的创作土壤。当下的蔚县，从事剪纸工艺创作的民间艺人有 8000 人之多，已经成为一种文化产业。

这幅作品出自李宝峰之手。有关他的作品，下面还会有介绍。这幅作品在网上和平面媒体发布后，网民评价很多，有网民"海马不是马"评说：作品富贵大方，真有"天下归心"的那份自信。还有蔚县籍的网民在微博上留言说：这会儿我找到了做一个蔚县人的自信……

◆《华夏圆梦 天下归心》（剪纸） 河北蔚县 李宝峰作（右页）

5 中国梦 春意浓

这是河南舞阳的农民画作品,作者是吴怀欣先生。在这样的画面前,除非你有特殊情况,否则你无法不心动。心动是因为心里渗进了春色,心里洒满了阳光。我们希望在这样的景色里走一遭,去感受一下桃花盛开和溪流淙淙的那份春意,享受一下美丽景色带给我们梦一般的体验。

所以,当我们的主创人员将这幅作品命名为《中国梦 春意浓》时,我们觉得主界面立即获得了提升。事实上,"中国梦"要展现给亿万民众的,不正是这样一份美丽的憧憬吗?当我们无法,也没有必要将"中国梦"的描述量化得分分寸寸的时候,一种更抽象的表达,或者是最好的表达。正如前文我们提到的,对于中国梦给予大众的感觉,我们将话语方式做些适当的转换是十分有益的。我们希望在中国百姓的面前,不只有 GDP 的数据,不只有财富增长的梯级,其实,我们更需要有远大的理想,更需要有民族的创新意识和道德追求。

在我们远古的神话故事里,有个《夸父追日》的故事。夸父向往着远方的理想,他追赶着太阳。因为口渴,他喝干了黄河,喝干了渭水,又扑向大泽,他一直没有停下追赶的脚步,最后渴死了。在他生命结束的一瞬,他弃却的手中之杖,竟自化作一片桃林。这桃林就是当年夸父留给我们的"理

青山十里桃花红,
小桥流水画屏中。
中国梦,春意浓,
前程似锦杨柳风。

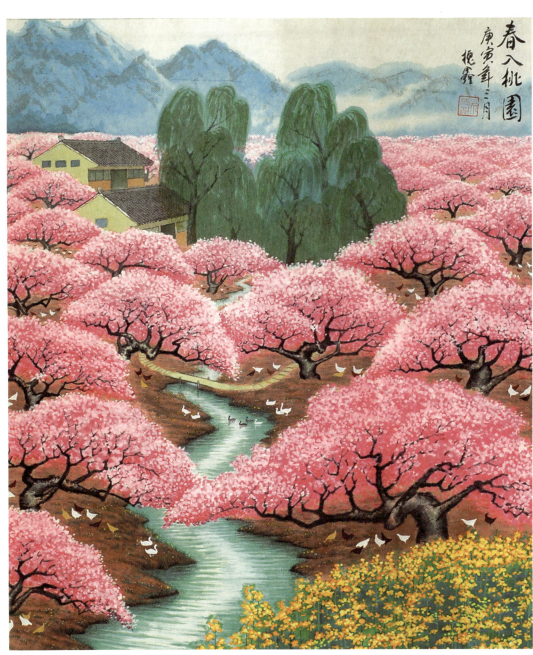

想"——一种永不放弃的追求精神，一种对于未来憧憬的美好执著。

《中国梦 春意浓》是我们《诗画中国梦》第一篇阐释"中国梦"的理想篇什，因为它的美丽直观地告诉了我们，未来中国梦的春天是如此的绚丽灿烂。

✒ @ 一清博媒：

那一片柳林如果稍偏一点略矮一点，或者会更好一些？不过，"柳"文化在中国文化长河中，是有独特位置与含义的，或者我们可以做出更好玩的解读：让我们"留"在这梦境中？如是，甚好！

微点评：

满山春色漫天舞，满眼阳光唤心醉。这是一个可以实现的梦，这是一个你我身边的桃花源。（渝北文明网）

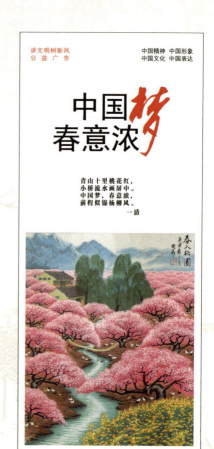

6 中国 向上

大树郁葱葱，
壮我时代风。
容聚天地气，
吐纳五岳峰。
好日子，
中国向上，
乾坤在握中！

◆《中国 向上》（版画） 哈尔滨阿城 杨晶晶作

讲文明树新风
公益广告

中国精神 中国形象
中国文化 中国表达

中国·向上

大树郁葱葱，
壮我时代风。
宵聚天地气，
吐纳五岳峰。
好日子，
中国向上，
乾坤在握中！
——一清

中国梦

中国网络电视台制 哈尔滨阿城 杨晶晶作

如果以《中国 向上》这样宏大内容的标题去请某位画家作画，估计会一夜白了头。但是，在哈尔滨阿城杨晶晶的作品库里选取这样一幅"白杨"作此命题，作品立即就获得了张力，并很好地表明了中国当下"向上"的状态。这种在我们团队称之为"注魂"工作的这一环完成后，我们经常会相视一笑，或击掌相庆。

茂密的白杨林的这种生存状态，在自然界中，更多是因为植物对于阳光的争夺，而表现为"向上"、"向上"、"一直向上"的状态。所以，在诗人和画家的笔下，白杨一直有着"挺拔"、"昂扬"的美称。这种美称，实际上是人们对于阳光精神的赞美，是人们对于美好向往的内在寄托。

"中国梦"，需要的就是这种精神劲儿，就是这种向上、一直向上的昂扬之态。"中国梦"，我的梦，我们大家的梦。这个"梦"里的状态，就是我们中国人昂扬向上的精气神！

@一清博媒：

罗丹曾说过，生活中不是缺少美，而是缺少发现美的眼睛。杨晶晶的作品被我们发现了，而且被赋予了如此大的内涵。真要让作者按此命题去创作，恐怕就会像伍子胥过昭关，一夜愁白头了！

7 中国梦 就是咱的好日子

◆《中国梦 就是咱的好日子》（农民画） 广东龙门 黄伟平作

温馨若梦青花瓷，
香风沁染万千姿。
圆梦恰似画中景，
少长养瞻雨露滋。
好日子，正当时，
如歌岁月赋新诗。

"中国梦就是咱的好日子"这样的话是十分接地气的。以这个标题为代表，我们的尝试与努力由此可以看得很清楚，那就是如何用老百姓所熟悉的话语去"说""中国梦"。记得有位学者曾说过，如果你在街头听到哪位买菜的老奶奶或者大爷，说出"社会主义核心价值观"一类的话来，你一定会觉得不像是那么回事，因为内中透着一种"不自然"的感觉。虽然话是好话，也是一直以来我们主流媒体和话语体系所推送的理念，但这话由街头老头老太或者大妈大姐说出来，它就不太合乎常情语境。而如果同样的人说个"中国梦"，比如说"中国梦就是咱的好日子"、"中国梦有盼头"，你便觉得自然多了，因为这是中国老百姓的语言。所以，我们上文提到的话语方式的转换，通过"中国梦"来完成"打通"与"对接"，是颇有意义的。

这幅有着蜡染风格、青花瓷效果的作品，其构图和用色，都有一种"梦"的意境感觉，三代同堂的那份亲切融和，是中国风情与中国精神的高度浓括。这样的一份中国梦，真是让人十分地憧憬，十分地向往。而具有了向往之心的我们，在欣赏的同时，心情不也被感染从而认可其价值理念吗？

这就是我们"中国梦·梦系列"所要追求的东西……

@一清博媒：

看到这幅作品的第一感觉就是：将它买下来，挂到书房里，天天感受其喜乐融融的气氛。

⊙ 话说"中国梦"

"中国梦"到底是什么？有无当下一些诠释"中国梦"的各类读物所提到的这指标那数据？其实，"中国梦"并不是一个五年计划十年计划，而是我们对未来发展的一种憧憬，是我们努力的一个方向。这个方向就是，让我们老百姓过上好日子，让国家强大，让人民富实。"中国梦"就是要给我们老百姓寻找一种把我们当下的努力跟未来事业凝聚为一体的目标，也就是说，要为我们当前的奋斗赋予意义。

8 好日子 比蜜甜

七月流火八月天，
小丫快乐胜神仙。
瓢儿吃罢当帽戴，
真新鲜。
一半儿欢乐，
一半儿甜。

◆《好日子 比蜜甜》（泥人张彩塑） 天津 白宝玲作

不服泥人张是不行的。小女孩的这份生动与俏皮，让人忍俊不禁。画面中，我们可以感受到那份特别的快乐。当她将半截瓜皮当成帽子戴上自己的脑袋时，欢乐的远不止是她自己，还有所有的人，包括在公益广告跟前的所有观众与读者。

将这份欢乐带进"中国梦"，让"中国梦"充满了笑声，满溢着甜蜜；让"中国梦"融会着亲情，洒满了阳光——这就是我们正在奋斗着的"中国梦"的明天。

所以，当我接到为这幅作品配首小诗的任务时，立即想到了元曲中《一半儿》的曲牌，写下了这样的诗行。

@一清博媒：

真想去摸一把孩子的小脸。

⑨ 我们中国人 拧成一股劲

拔呀拔呀拔，
萝卜起来啦！
脸红脖子粗，
小劲儿全用了。
笑闹有心得，
团结力量大。

◆《我们中国人 拧成一股劲》（泥人张彩塑）　天津泥人张彩塑工作室供稿

记得这是 20 世纪 60 年代入学一代人的小学课本内容，题目好像是《拔萝卜》。多少年不见了的"课本"内容，这会儿在天津泥人张的作品柜里出现了，又悄然地出现在"讲文明树新风"——"中国梦·梦系列"的公益广告中，真有几分久别重逢的欣喜。记得原来的课本中是有插图的，但那插图好像是线描的，怎么着也不会有现在我们看到的这般生动。我们看着一个个的小童子们所用的那份小劲儿呀，就仿佛感觉到一群孩子在我们跟前努力地"工作"着，何其投入，何其认真！

当这一作品被赋予"我们中国人，拧成一股劲"和"团结起来力量大"这样的主题意蕴后，突然觉得话语的转换是如此成功。如果这个"拔萝卜"的队伍里还需要有人的加入，第一个一定是我，或者一定还有你，还有他。我们愿意做这个队伍中的人，愿意加入，愿意团结，愿意为我们的事业而共同努力共同付出，因为我们看到了团结起来的力量……

做一个中国人真好，就像这一群"拔萝卜"的孩子们。

"中国梦"，多么美丽多么美好的一份憧憬啊！

@ 一清博媒：

"团结就是力量，这力量是铁，这力量是钢，比铁还硬，比钢还强。"这歌我们耳熟能详。今后孩子们在唱"团结"歌时，建议唱"拔呀拔呀拔，萝卜起来啦！脸红脖子粗，小劲儿全用了。笑闹有心得，团结力量大"……

⑩ 吉祥如意中国梦

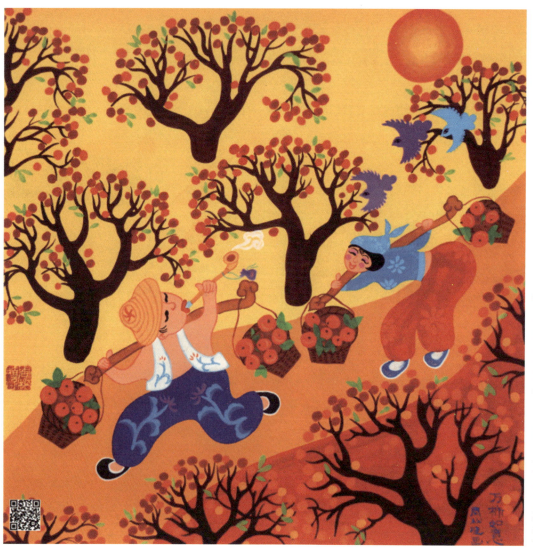

《吉祥如意中国梦》（农民画）河南舞阳 周松晓作

丰收挂在枝头，
喜悦挑在肩头，
歌声洒满村头，
中国梦，
万事如意心头！

满村的橘子树，满村的柿子树。原标题取的是谐音，吉祥、事事如意的意思。中国文化讲究这些，民间尤其如此。

河南舞阳的这幅农民画作品原意也大概如此。

说到农民画，河南舞阳农民画以其独特的风格为海内外文化界所认可，曾被国家文化部命名为"中国现代民间绘画画乡"。舞阳农民画出现的年代并不久远，是在新中国成立后，翻身解放的农民对现实生活有着极大的热情，他们拿锄头的手也拿起了画笔，把他们对美好生活的向往和憧憬用最热烈的色彩表现出来。创作形式上，他们也多用漫画式的夸张表现手法，所画人物极具鲜活之气。最先，舞阳农民画是以墙壁为载体的，后来转变成以纸张为依托的艺术形式，就成了现在的这个样子。舞阳农民画主要表现农民们的生活情景，是一种正能量的传递，更多呈现的是农民在丰收后的喜悦。本幅作品画面所呈现的如诗如梦的意境，显然就属这一类。

因此，我们对它的命名，应该说是比较符合创作者的原意的。

@一清博媒：

我们做农民那会儿真有些苦，现在的农民，确有这幅画中的情景。想弄一个农村户口，就像当年进城办城市户口一样难，甚至更难。真希望我们的农民兄弟日子越来越好，"喜悦挑在肩头，歌声洒满村头，万事如意心头"！

⑪ 奔梦路上 霞光满天

天上祥云水中霞，歌声缭绕是我家。

日出东山催春早，月落田畴静如画。

奔梦路上从容人，心中满开幸福花。

◆《奔梦路上 霞光满天》（农民画） 陕西户县 刘悌会作

　　这是陕西户县的农民画作品，作者刘悌会。户县农民画与我们上面提到的舞阳农民画一样，都是从以墙壁为载体发展到以纸张为创作依托的。考究起来，都兴起于上个世纪中叶的壁画运动，农民们用拿锄拿镐的手拿起画笔，创作了许多反映现实生活的作品。陕西户县的农民画特点是有白描风格，构图简洁饱满，同时讲究装饰性，浑厚质朴，气韵生动。

　　《奔梦路上 霞光满天》作为公益广告推出后，备受各地民众喜爱，其出镜出墙的几率特别高。中国文明网的报道记载了这么一件事：大连市西岗区文化馆副馆长、舞蹈编导乔志友每天奔波在群众舞蹈工作一线，他随身携带的笔记本电脑上，桌面屏保就是由一幅陕西户县农民画做成的公益广告《奔梦路上 霞光满天》。"我自己是主攻民族舞的，中国传统文化的东西我都特别喜欢，有一次在大连新闻网上无意中看到了这些宣传画，非常喜欢，就挑了一幅下载到电脑里。"

@一清博媒：

陕西户县的农民画，从我们那个年代过来的人，是有些记忆的，出现过《四代人的命运》一类的作品，但这些记忆只属于我们这一代人，年轻人就不见得清楚了。

微点评：

火样的祥云在柔软的水中映出了希望，染亮了归家途中人们的梦想。那片暖暖的中国红里，我们看到了静静的春色，听到了幸福的歌声，人们在祥和安宁中从容前行……（毕节文明网）

⑫ 朝夕奔梦

◆《朝夕奔梦》（农民画） 河南舞阳 任明兆作

挑着梦想出发，
担着希望回家。
唱着山歌入梦，
日子如诗如画。

还是河南舞阳农民画，原名《朝朝暮暮》。这画面是我们极其熟悉的农民生活的一个瞬间，在北方的农村，早上晚上，村头常是这样热闹着的。人们带着各种想法与任务往返于田间地头，他们的生活有着艰辛的一面，也有着快乐的一面，因为他们都在奔着自己的好日子。

"每一个人都是需要有梦想的"。中国农民的梦想，中国千千万万普通民众的梦想，就构成了"中国梦"的全部内容。而"中国梦"，正是老百姓的梦，是全体中国人过上好日子的梦。

有梦想，才有奔头。这个《朝朝暮暮》的农民群体所呈现的生活状态，正是我们国家为何一直向上的原因。前些年的全球经济危机，世界很多国家处在风雨飘摇中，多米诺效应让那些曾牛气冲天的国家四下借债，民众苦不堪言。是什么原因呢？因为这个世界有很多人不劳动，只玩概念，只玩所谓的"衍生产品"。而中国的老百姓则不同，他们继承了中华民族"勤劳"的优良传统，他们相信劳动才是创造一切的最靠谱的事儿。正是因了中国民众的这种勤劳付出，我们国家的经济才会在全球金融危机面前一枝独秀，"中国力量"也因此引起世界的关注和获得普遍尊敬的目光。

有梦想，才有奔头；有梦想，才有力量！

⑬ 奔梦路上 欢欣鼓舞

吹起芦笙敲起鼓，歌儿唱彻群山舞。

奔梦路上锄为笔，民族复兴写千古。

◆《奔梦路上 欢欣鼓舞》（农民画） 广东龙门 黄伟平作

　　"中国梦"是一个美丽的憧憬，也是中国社会发展的一幅远景蓝图。奔梦，为梦想的实现，需要有一种"咬定青山不放松"的劲儿，需要有一种"认定目标不放弃"的决心，简而言之，就是需要这幅画面上的这种状态。这是一种正能量的、阳光向上、精气神十足的状态，是一种乐观自信、洋溢着快乐心情的状态。劲可鼓，不可泄，所谓一鼓作气、激情满怀，说的就是这种状态。

　　@一清博媒：

在贵州的大山里，倒是看到过少数民族着盛装敲锣打鼓唱歌跳舞的情景。记得那次在贵州湄潭采风，当地民众就如这画中人物一般，歌着舞着热闹欢庆得很。在他们中间，合着他们的鼓点节奏，无法不受他们快乐情绪的感染。

14 我们奔梦去 高飞九万里

苍穹云下似画廊，江河大川唱朝阳。

我心飞翔九万里，民族复兴诗千行。

奋翅只为中国舞，圆梦时刻庆万邦！

这是一幅能够听得出雄浑音乐旋律的画作，用来表现中国人民奔向民族复兴远大理想的境界，似有以一画而胜千言的效果。

"中国梦"既是人民群众的安居乐业梦、成功理想梦，也是国家强盛的梦、民族复兴的梦。所以，用此幅作品来表现我们国家全体国民奔梦的那份雄浑之气，可谓再合适不过了。

实现"中国梦"，要有远大理想，要有高飞九天的意志，要有国家和整个民族昂扬向上的精神气概，这样才有大境界、大作为、大成功。

@一清博媒：

看了这幅图，便想到当年背下的那些诗句："鲲鹏展翅九万里，翻动扶摇羊角。背负青天朝下看，都是人间城郭。"虽然这不是鲲鹏，但总是大鸟吧。做一只大鸟飞上九天，视野何其开阔也哉！

《华夏梦圆 天下归心》 何满宗题

《我们奔梦去 高飞九万里》（版画）
哈尔滨阿城 郭长安作（左页）

15 中华圆梦 旭日东升

万象为宾客，
天地共新诗。
中华圆梦日，
旭日东升时。

这同样是幅听得出交响乐雄浑风格的作品。其境界的阔大与深远，予人以"青山明月梦中看"的感觉，并且视界更开阔辽远。这是对奔梦路上中国人的一种伟大的祝福！

⊙ 话说中国梦

《中华圆梦　旭日东升》所表现的是万象为宾客的那种胸怀与气象，显示了中华民族优秀儿女们在过往半个多世纪里艰苦卓绝的奋斗中，用汗水和热血浇灌出的理想蓝图之美丽之雄浑。这一份美丽的憧憬，就是我们新时代的民族精神所构成的"中国梦"。这种与传统精神、传统形态相结合的时代精神，包括井冈山精神、长征精神、延安精神、西柏坡精神、大庆精神、雷锋精神、"两弹一星"精神、载人航天精神等。这些伟大的新时代民族精神，必将成为中国人民实现民族复兴伟大梦想的强大动力。

《中华圆梦 旭日东升》（版画）哈尔滨阿城 郭长安作（左页）

16 祝福祖国

你写时，我笔墨侍候，
我写时，你好好琢磨。
笔笔都是"中国梦"，
祝福祖国寿千秋！

◆《祝福祖国》（泥人张彩塑） 天津 王润莱作

"中国梦"，就是民族复兴的梦，就是中国强盛的梦。因此"祝福祖国"当然是我们"讲文明树新风"公益广告的创作义项中的重要内容。

所选的这两个孩童，当然是泥人张的彩塑作品。

泥人张彩塑的特色非常鲜明，形象栩栩如生。画面上这对童子的衣着用色十分简洁明快，面部表情也极为生动。原本"桌面"上四字是写着别的内容的，在我们确定主题后，特地做了些处理，这样，对于主题的表达就有了基础和着墨点。

记得为这个作品配诗时，有8行文字，可能嫌长，去掉了，成了现在的样子。而原诗有些童趣，趁此出书的机会，全放上来，可博读者一笑：

> 你写时，我笔墨侍候，
> 我写时，你好好琢磨。
> 写个刘洋姐姐美丽的微笑，
> 写个嫦娥一号太空的歌喉。
> 写写爷爷奶奶公园的舞技？
> 写写爸爸妈妈风光的旅途？
> 笔笔都是"中国梦"，
> 祝福祖国寿千秋！

但这一稿未获通过，中间几句被删了，只留下头尾四句。当然，删了之后简洁明了，我看挺好。

在"讲文明树新风"公益广告有关儿童画面出现时,我们有将公益广告用语儿歌化或童谣化的打算,这个作品就有此"表现"。读者朋友们也将在其他类似情况下看到作者在这些方面的更多努力。

既表现天上"飞"着的,也表现公园里"舞"着的,还有风光途中"游"着的,所以"笔笔都是中国梦",借以表达对伟大祖国的真诚祝福。

@ 一清博媒:

敝帚自珍,人之常情。不过,回头看,改成四句以后,挺精练的。喜欢儿歌的朋友,或者也可以在"八句配"中找到儿时的那种"笔"下之乐。

17 有国才有家

雏鸟栖高桠，悄悄心底话。

世间存大道，有国才有家。

◆《有国才有家》（版画） 哈尔滨阿城 李凡丁作

"几棵树，树上一个鸟窝，窝中有两只小鸟。"就这样一幅看似简单的作品，其所担负的意义，恐怕不是创作者一开始所想到过的。当然，原创者的创作中肯定有"家"这样的含义，毕竟天地之间，"家"是爱的聚集地，"家"是温馨的港湾。

将"家"的概念放大，就是"国"。国与家在某种意义上，是连着的。北京奥运会上有首歌词说，"一口一玉是国，家是小的国，国是大的家"，这虽然有拆字的生硬感，但基本上说出了国与家的关系，国就是大的家。中国是我们中华民族的生存共同体，实际上我们就是生活在一个大的家庭里。"中国梦"的实现，就是要让这个大家变得更富裕、更强大、更温馨，所以，这才有爱国主义教育，才有民族复兴这样大话题的不断重提。国家的强大与民众的利益是休戚相关的。近些年，随着中国国力的增强，中国人走向世界的脚步越来越快。而任何一群中国人，即使他们行走在地球的另一边，一旦出现需要国家帮助的时刻，中国力量总能在第一时间泽被于斯；同理，只要国家需要，无论是国内的自然灾难，还是国际间其他势力对中国的骚扰，总有国人的团结一心用力一致。前者如四川汶川地震，后者如中国北京奥运会火炬传递在西方国家发生的受阻事件。所以，中国人文化和人心深层那一页中，记录的是家国一体的伟大情怀。这也正是每当国运出现危机时，为何总有那么多人奋勇泣血、以命报国的深层原因。

所以，当我们面对上面这样一幅作品时，出现在我们命题人头脑中的第一反应就是："有国才有家。"

于是，也就有了现在这样一首小诗。

📝 **@一清博媒：**

这是一对幸福的小鸟，它们何曾想过，一旦进入"讲文明树新风"公益广告人的视线，并被置于"中国梦"的温馨"梦系列"中，它们私下里两小无猜的"悄悄"对话，会让好多好多的人听见。

讲文明树新风
公益广告

中国精神 中国形象
中国文化 中国表达

有国才有家

雏鸟栖高柯，
悄悄心中话。
世间存大道，
有国才有家。
晓玲

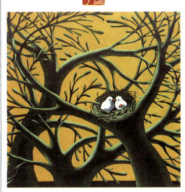

中国网络电视台制 哈尔滨阿城 李凡丁作

⊙ 话说中国梦

　　爱国主义始终是把中华民族坚强团结在一起的精神力量。不管是民族危亡关头的同仇敌忾，还是众志成城抵御重大灾害。凝聚在爱国主义旗帜下，个人命运才会与民族命运紧密相连，滴水之微才能汇聚成无坚不摧的磅礴力量。家是最小国，国是最大家。"中国梦"的本质内涵就是国家富强、民族振兴、人民幸福。在实现中国梦的征程中，大力弘扬爱国主义精神，就能最大限度地凝聚共识，团结一切可以团结的力量，汇聚每个人的梦想成就伟大的"中国梦"，形成推动社会发展进步的强大正能量。

　　　　　　　　（《人民日报》评论员文章）

18 中华好河山

画座山，画条河，
画个飞船儿载我游。
画了长江画长城，
画了南海画漠河。
锦绣河山画不尽，
你我都在画里头。

◆《中华好河山》（泥人张彩塑） 天津 王润莱作

　　"中国梦"是中国人的吉祥梦，是中国人的幸福梦。我们在寻找能表现这些题材的元素时，希望能发现那些特别生活化、情趣化的作品，这样，当两个小童子认真作画的泥人作品出现时，我们眼睛为之一亮。

　　作品命名在 W 先生的灵感触动下，立即升华到"中华好河山"的高度。不难理解，原本这些孩童的"涂鸦"，现在就成了笔下好山河了。境界提升，画笔下的内容以及这个作品本身就有了新的高度。

　　孩子毕竟是孩子，在提升到这个高度后，画作似乎有了超乎孩子想像力和年龄段的当画内容，有"拔高"的嫌疑，影响我们对孩子童真感的认知。

　　如何既能表现孩子的天真，又能在新命题下回归到孩子的精神世界，就成了配诗作者的任务。

　　我特别喜欢这两个有着古风味道的孩子，于是，一首童谣一气呵成：

　　　　画座山，画条河，

　　　　画个船儿我坐上头；

　　　　画个姐姐在画画，

　　　　画个哥哥踢足球。

　　　　画个爸妈秀卡通，

　　　　画个奶奶玩电游。

　　　　画座山，画条河，

　　　　画个飞船儿载我游。

　　　　画了长江画长城，

画了南海画漠河。

锦绣河山画不尽，

你我都在画里头。

作品递交后，认为太长，将第一段删了。删了之后当然更符合主题表达，也还留有童谣味道，我心里是接受的。但同时又觉得多少失却了些许童真的乐趣。于是，这里将原稿呈现出来，也算是对当初希望通过孩童的内心欢乐，来表现主题的这样一种努力没有白费。

后来《中华好河山》在各大媒体发表后，收获不少好评，证明仅保持后面一段是对的。有时候，太强调个人化及作品的完整性未见得就有道理。

中国网络电视台制 天津泥人张彩塑 王润案作

@ 一清博媒：

梦里的真实，又何尝不是一种真实呢？这一对孩童画内画外，都有一种梦的感觉，让人生出些许爱意来。

⑲ 祖国前头尽是春

想放鞭，放响鞭，
怕听鞭响却争先；
你燃一个东风雨，
我放一个福满园。
童心恰如中国梦，
扑面和风春无边。

◆《祖国前头尽是春》（泥人张彩塑） 天津 王润莱作

抓住画面中孩子的表情，便有了前面六行小诗。

在这样的童子面前，在这样的体态表情面前，你无法不生出欢喜之感。

在设计出初稿时，是一组小泥人放炮仗的情景，人数有些多，后来只选了一对孩子，便成了现在这个样子，显得画面更集中，人物也更生动。那想放响鞭却又怕听响的心理，想点火又怕伤着脸面的神态，曾经伴随着我们童时记忆一路走来。

春节是孩子们欢闹的节日，没有放鞭炮，就像没有过节一样。因此，掏了钱自己去买一挂鞭炮，自己点着火，让他人听听自己放出来的声响，这一份的过瘾，是孩子们不可舍却的。鞭炮放过了，春天就来了，画面上的那个"春"字，如同一个民族的喜悦，照亮了画里画外我们整个的心情。于是，作品的主题就定位在《祖国前头尽是春》上了，显得活泼、生动，同时又长精神劲儿。

这"中国梦·梦系列"里的帧帧童心画面，真有如春天般的美丽鲜活，生气盎然。

@一清博媒：

愿发一个小贴士内容：泥人张彩塑属于室内陈列性雕塑，一般尺寸不大，高约40厘米左右，可放在案头或架上，所以又称为架上雕塑、彩塑艺术。

20 俭养德 乐呵呵

一滴水，尚思源，
一粒米，报涌泉。
勤劳人家俭养德，
满心欢喜种福田。

画面上的小孩让我们能感受到他内心的喜悦，孩子对于手中的这一个餐盒里的爱意，是心受了，我们也因之与他一起分享这一份用餐之乐。

2013年初，习近平总书记在新华社一份《网民呼吁遏制餐饮环节"舌尖上的浪费"》材料上作出批示，要求"杜绝'中国式剩宴'，——铺张浪费绝非小事，进一步凝聚党心民心，实干兴邦，共圆一个'中国梦'。"泥人张的这个《惜福》作品，在注入"俭养德 乐呵呵"主题后，便生动起来，并且为"反对浪费，厉行节约"提供了一个生动的艺术形象。

◆《俭养德 乐呵呵》（泥人张彩塑） 天津 林钢作

21 善曲高奏

高山流水有知音，
管弦少年奏心声。
善曲歌罢和风煦，
中国梦里处处春。

◆《善曲高奏》（泥人张彩塑） 天津 王润莱作

不知道泥人张的柜子里还有些什么好宝贝，哪天再去看看，保不准可以在他们的现存作品里组合一个交响乐队来也难说。

22 中国梦 在前头

◆《中国梦 在前头》（泥人张彩塑） 天津 蔡明作

也玩新潮学小丫，

也玩追梦到天涯。

时空飞越百年霞，

中国梦里儿孙家。

春风杨柳燕叽喳，

桃花源里煮新茶，

十里香荷花……

就是喜欢泥人张作品的那一份生动与传神。

这是我们"讲文明树新风"公益广告大量使用泥人张作品作为创作素材的原因。轻松的，诙谐的，不管是哪一类，都是十分生活化的。其人物都是我们身边有个性有特点的小老百姓，他们是大妈大爷大叔大婶，他们是打打闹闹的小朋友，还有羊呀鸡呀鸭什么的，总之，它们是一个生动的世界……

@一清博媒：

一对可爱的老人玩新潮，玩得那么开心，嘿！"中国梦里儿孙家，春风杨柳燕叽喳，十里香荷花"，这一定是他们十分关注的。看来"中国梦"确实是一种很好很接地气的提法，在主流思想的送达上，是可以打出高分来的。

23 代代中国梦

我看到了你簇新的棉袄，
我听懂了你眉间的欢笑，
还有那胡子里故事的美妙！
于是你把希望举得高高，
那是连接中国梦的彩桥，
拨浪鼓儿欢闹得
你我都醉了……

◆《代代中国梦》（泥人张彩塑） 天津 王润莱作

这样的老大爷，好像就是我们的邻居；这样的生活情景，就天天鲜活在我们的周围。

⊙ 话说中国梦

习近平主席说："中国梦，归根到底是人民的梦，必须紧紧依靠人民来实现，必须不断地为人民造福。"这段话阐述了中国梦的核心价值，也指明了中国梦的动力源泉。国家富强、民族振兴、人民幸福，中国梦所描绘出的美好图景，最终统一于人民梦的历史语境。近代中国的百年奋斗史，不断证明着一个朴实的道理：国家好，民族好，大家才好。在实现民族复兴的征程中，唯有将个人之梦寄托于国家之梦、民族之梦，梦想才能成真！

@一清博媒：

下一代人总是站在上一代人肩膀上的……

微点评：

举孩子、逗乐子，下一代人有奔头；细心养、苦心教，延续梦想追理想，孩童心、父母心，望子成龙最真心；百姓梦、中国梦，代代奋斗代代强。（西安文明网）

24 祖国万岁

满脸含笑，喜在眉梢。

打起腰鼓，捧出寿桃。

祖国万岁，福星永耀！

"祖国万岁"是一句最动人的口号！

◆《祖国万岁》（泥人张彩塑） 天津 马玉兰 于化祥作

25 我奔梦 心中喜

摘一束心香，
着一袭红妆，
剪一墙喜悦，
融一屋春光。
把红双喜贴在窗棂上，
奔梦人心中洒满阳光。

◆《我奔梦 心中喜》〔剪纸〕 河北蔚县 胡里程作

"我奔梦，心中喜"，把这种喜悦贴在窗花上，一屋充满了温暖的色调，其乐融融。

@一清博媒：

这样的窗花，我也愿意贴在窗子上，看着多喜兴啊！

26 中国梦 吉祥梦

百花妆舞台，
晨光溢华彩。
金鸡高鸣吉祥歌，
中国梦里春如海。

"中国梦"是吉祥梦，因为"中国梦"就是一个寻求实现全中国民生福祉的梦，是一个建设世界和平的梦。

◆《中国梦 吉祥梦》（剪纸） 河北蔚县 石俊凤作

27 中国梦 中国喜

◆《中国梦 中国喜》（剪纸） 山西临汾 郑平作

中国喜连对成双，

中国字深含吉祥，

中国梦星光灿烂，

中国人幸福阳光。

贴个红双喜门楣上，

火红日子哟，迷人向往……

红双喜，洋溢着中国文化的深层喜悦，是那种愿把快乐分享给天下所有人的高兴情绪！

⊙ 话说中国梦

中国梦是人民的梦，是百姓幸福的梦。百姓幸福才是硬道理。百姓的幸福，其含义不仅包括物质层面上感到满足和满意，同时也包括精神层面上的有价值和有意义。中国梦的"奔梦"过程，就是要让老百姓的日子过得更加舒心、放心和有信心。近年来一直广泛运用的"幸福指数"一词，已经变成了老百姓口中的流行语，这个流行语的内涵可以有两种理解：一是指美好生活；二是指人们的主观感受和体验，也就是所谓的"幸福感"。将红双喜贴在门楣上，显然是一种幸福的体验，是幸福感的一种表现。

✏ **@一清博媒：**

这是中国人"最喜"的表现形式，洞房花烛夜，金榜题名时。现在还得加上一个"中国梦"成真日。

28 中国日子呱呱叫

春江暖日稻花，
开心唢呐鸣鸭，
日子红火呱呱。
锦绣如画，
和美幸福人家。

好日子是老百姓的心情，好日子是老百姓的笑容；好日子就是人们的安居乐业，好日子就是人民的梦想成真。

⊙ 话说中国梦

幸福指数，是衡量一个社会和谐发展的重要指标。这个"重要指标"就是看社会是否能够很好地满足人们的生存需求，是否能够为人们提供广阔而自由的发展空间，是否坚持社会发展目标上的以人为本。《中国日子呱呱叫》显然就是一种和谐状态，是一种自由空间得到张扬后的艺术表现。

◆《中国日子呱呱叫》（农民画）河南舞阳 胡庆春作（右页）

㉙ 中国好年头 百姓乐翻天

老汉荡秋千，快乐闹翻天。
中国好日子，再活五百年。

◆《中国好年头 百姓乐翻天》（农民画） 河南舞阳 任明兆作

"老夫聊发少年狂",去荡一把秋千,表明自己内心的那份喜悦。这无疑是一种舒心惬意的日子。事实上,在今天的公园里,这样的情景是常常可以看到的,这就是今天的中国社会。习近平主席说,"中国梦归根到底是人民的梦,必须不断地为人民造福",要让人民在奔梦路上活得更幸福,更有尊严。所以,人民幸福是硬道理,要让老百姓不仅在物质层面上感到满意和满足,还要包括在精神层面感到有价值有意义。"老汉荡秋千"就是洋溢着这种快乐和"满意"的表现。

✍ @一清博媒:

"荡幅"有点大,好在是艺术作品。不过快乐终归是件好事!

微点评:

老汉荡秋千,快乐闹翻天!作品画得有点萌,有点乐,有点让人忍俊不禁!它描绘了老有所依、老有所养、老有所乐的老人们的生活状态,是老年人文化生活质量日渐提高的表现。活着的每一天,都拥有节日般的快乐,这快乐的场景,是老人们之幸,也是儿孙们的福气!(何勇海)

30 老井恩深 饮水思源

◆《老井恩深 饮水思源》（农民画） 河南舞阳 任明兆作

> 辘轳咿呀井水清，
> 喜燕代咱说心声；
> 幸福人家春常在，
> 吃水不忘挖井人。

中华民族是个懂得感恩的民族，日子一天一天的进步，让他们看到了国家的兴旺发达与家庭和个人的关系，看到了国家梦想与家庭未来的一致性。于是，他们感念于带给他们幸福生活的人。这样的情愫，就是百姓所言的"吃水不忘挖井人"。在老百姓的内心里，不知道感恩的人，是不能受到敬重的。

@一清博媒：

中国老百姓是最好的老百姓。为此，刘云山在《为了谁 依靠谁 我是谁》一文里感慨地说，"是人民群众养育了我们"，成就了我们的大事业，"给了我们干事创业的舞台、施展才华的天地"。并十分动情地说，"必须感恩群众，用实际行动回报群众"。所以，对《老井恩深 饮水思源》我们也可以有不止一方面的解读。

31 辛勤换来好日子

镰刀扁担锄耙，

青藤翠叶地瓜，

爸爸妈妈丫丫。

夕阳西下，

快乐人在农家。

什么叫"其乐融融"啊？这里就有样板！"中国梦"里美好家园一定是辛勤劳动换来的。

✍ **@一清博媒：**

其实，看得出，这哪是"农家"啊，显然是一个向往农村生活的"非农"家。就像前二十多年的"农转非"一样，现在的"非转农"似乎更难。在这难和更难之间，折射出中国社会发生变化的一个很有趣的现象，那就是"身份"变化所表现的对于既有社会分工的淡漠和随之而起的对于土地亲和感的提升。但不管何样"身份"，都表现出了对于劳动精神的认可，这是难能可贵的。这也说明，流淌在我们这个民族胸膛里的是勤劳血液。所以，对于"爸爸妈妈丫丫"的"辛勤换来好日子"，我们除了祝福还是祝福！

◆《辛勤换来好日子》（农民画）河南舞阳 刘志刚作（左页）

32 奔梦日子吉祥天

奔梦日子吉祥天，奔梦日子比蜜甜。新农村新气象，新风俗新生活。

播种月光，
播种希望，
播种爱情，
播种理想。
劳动堆积的好日子，
正甜，正香……

⊙ 话说中国梦

实干兴邦，是"中国梦"的根本保障。每一个人的实干，就会托起中国梦"蓝蓝的天，蓝蓝的梦"。"中国梦"的实现不会是一蹴而就的，也不大可能一帆风顺。在奔梦、圆梦的过程中，还将会遇到巨大的阻力与压力，这就需要我们以更大的政治勇气和智慧，突破制约"中国梦"实现的利益固化藩篱，为"中国梦"的实现扫清障碍，铺平道路。因此，奔梦途中的我们，一定要有阳光的心态，既有"播种月光"的优雅，又有"播种理想"的实干。这将迎来我们奔梦路上的一路吉祥！

◆《奔梦日子吉祥天》（农民画）
河南舞阳 樊小敏作（左页）

33 春风浩荡日 中国圆梦时

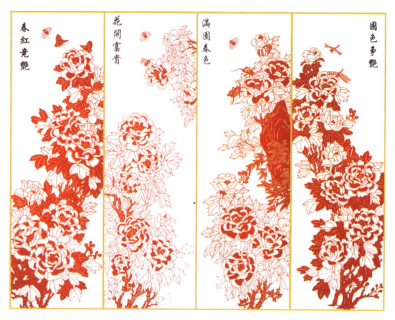

◆《春风浩荡日 中国圆梦时》（剪纸） 河北蔚县 魏鹏作

阳光是画师，
花开万里姿。
前程红似锦，
奔腾一路诗。
春风浩荡日，
中国圆梦时。

　　大步向前的中国，是一个充满活力的"梦工厂"。民族独立梦，"两弹一星"梦，奥运世博梦，航天潜海梦，一步步，我们都实现了。我们曾经的梦世界里，增添了一丛丛的花朵，那里"春红竞艳"，那里"花开富贵"，那里"国色争艳"，整个梦境中，"满园春色"遮不住。

@ 一清博媒：

　　在蔚县看到这四幅联挂的作品时，就有一种春风浩荡的感觉，不意竟用到这里来了，福气！

㉞ 奔梦路上 不畏艰难

雪在冬枝透山寒，
独有香梅尚灿然。
奔梦路上人有志，
大江东去满风帆。
艰难权当励志书，
圆梦之日庆弹冠！

"中国梦"，梦在前方，路在脚下。但前方，我们还将面临着很多的困难，这就需要有攻坚克难的决心与信心。河北蔚县的剪纸作品《奔梦路上 不畏艰难》正说明了梅花之香是历经了"苦寒"磨砺的。

◆《奔梦路上 不畏艰难》（剪纸） 河北蔚县 孙清明作

35 奔梦路上自奋蹄

奔马自奋蹄，是一种昂扬的进取状态，是同心共筑"中国梦"的精神写照。实现"中国梦"必须凝聚中国力量，这力量来自全体民众，来自整个民族的文化自觉与自信！

⊙ 话说中国梦

"中国梦里行"，必须走中国道路。梦不同，圆梦的道路亦不同。从广义上讲，"中国梦"是指中华民族在实现强国富民的同时，为世界作出贡献的美好愿望。狭义上讲，"中国梦"是指渴望成功的中国人希望凭借自己的勇气、智慧和创造精神去争取美好生活的愿望和梦想。

微点评：

万马齐奔，气势磅礴。中国的发展就像这群骏马的奔腾一样，一日千里。（莱芜文明网 宋平）

祥云绕瑞日，
奔马启征程；
前方风景好，
中国梦里行！

◆《奔梦路上自奋蹄》（剪纸） 河北蔚县 袁文作

36 奔梦路上

互助友爱

◆《奔梦路上》（木刻年画） 江苏苏州桃花坞 杜洋作

芭蕉一叶染绿荫，
奔梦路上几温馨。
携手何惧风雨急，
互助友爱大前程。

这是江苏一位年轻姑娘创作的作品。作品中的情景有一种重唤人文情怀的感觉。或者正是这似古似今的装束与景致，让我们从远古的文化长路上走来，而向着未来奔去。彼此牵着手，风雨同行。在实现"中国梦"的长途征程中，我们需要的是这种互助与友爱，需要的是这种人文的呵护与关怀。

⊙ 话说中国梦

实现"中国梦"，靠的是集体的力量，靠的是团结的力量。

"中国梦"是一面旗帜，是一座灯塔，我们不仅要靠它把13亿人凝聚起来，而且还要用它激发每个人身上的进取心和创造力。团结、互助，团结、友爱，这就是我们圆梦路上风雨兼程的一个必要姿态与必选动作。

@一清博媒：

看着这一对兄弟的彼此关爱，总感到背后有一个奶奶一类的人物在嘱咐着路上的兄弟。后来我想，画面上可没那个奶奶呀，想了半天，这个奶奶可能就是我们的传统文化……

③⑦ 奔梦路上 奋勇争先

骏马秋风征鞍，
山川古道阳关，
雄风壮志云端。
何须扬鞭，
奔梦奋勇争先！

又是一幅奔马图。不管是河北蔚县的奔马，还是山西广灵的良驹，都有种一往无前的盛世雄风。两地民间艺人们都在创作同样题材的作品，说明凝聚于他们心中的那股子阳刚之气，总是借助于艺术作品予以表达和释放。这种奋勇争先的奔马群像，就是"中国梦"实现所需的中国精神。

@一清博媒：

看这些奔马的状态，有一种逢山开路遇水架桥的精神劲儿。在这里，奔马已经高度拟人化了，这种"骏马秋风冀北"的状态，确实是一种阳刚的状态，也是阳光的状态。

《奔梦路上 奋勇争先》（剪纸） 山西广灵 张多堂 张栋作

38 锦绣中华 江山如画

《锦绣中华 江山如画》（版画） 哈尔滨阿城 郭长安作

秋树艳如霞，

火般年华。

立地顶天苍穹下，

正气浩然何挺拔。

巍峨我中华，

江山美如画。

仁心灿如花，

大德颂尔雅！

这样的画面，我们不好说它具体要表现什么，但给我们的是一种英气勃发的精神劲儿。刘云山在中宣部、教育部和共青团中央深化中国梦宣传教育座谈会上说，中国梦视野宽广、内涵丰富，"是当前中国的高昂旋律和精神旗帜"。通过《锦绣中华 江山如画》这个作品，我们大概可以感受到"高昂旋律"和"精神旗帜"竟系何物。所谓大美无言啊！

@一清博媒：

生态文明在这里找到了标本。树林里透着的空气，能让画面前的你我灵魂得到洗礼。奔这样的中国梦而去，太有动力了！

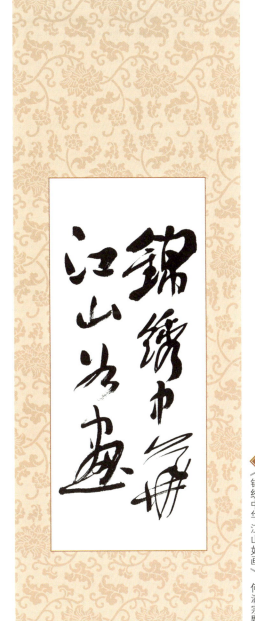

《锦绣中华 江山如画》 何满宗题

39 中国圆梦日 该我飞天时

跃跃欲试准备中，

冲霄一舞起雄风；

中国圆梦金典日，

瞰望五洲庆大同。

双鹤待飞，跃跃欲试。这里我们看到的是一种"天行健，君子以自强不息"的民族精神。既有"位卑未敢忘忧国"的爱国主义精神，也有"四海之内皆兄弟"的团结统一精神，还有敢为人先的勤劳勇敢精神。这种种崇高的精神似唯有鹤舞飞翔才能形容于万一。

⊙ 话说中国梦

"该我飞天时"的状态，就是对圆梦的向往，对民族复兴大业的向往。这种"向往"，就是我们奋斗的动力。

那么，我们的奋斗目标是什么呢？习近平主席在会见中外记者时说："我们的人民热爱生活，期盼有更好的教育、更稳定的工作、更满意的收入、更可靠的社会保障、更高水平的医疗卫生服务、更舒适的居住条件、更优美的环境，期盼着孩子们能成长得更好、工作得更好、生活得更好。人民对美好生活的向往，就是我们的奋斗目标。"

◆《中国圆梦日 该我飞天时》（版画） 哈尔滨阿城 李秀勇作（右页）

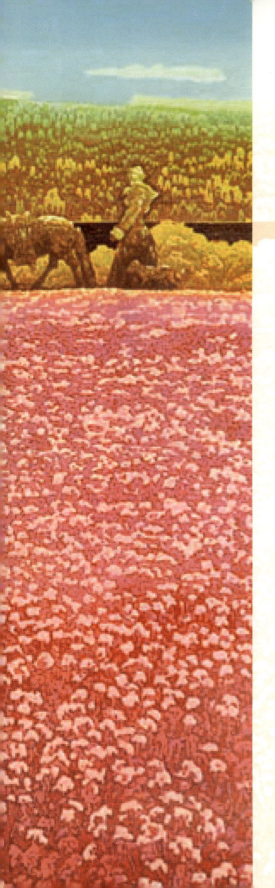

40 中国日子 花的海洋

祥云起日边，
大地展华笺。
中国好日子，
红运照梦圆。

　　中国国运正好，阳光灿烂。中国人有决心和力量将自己的国家建设成为富强民主文明和谐的社会主义现代化国家。对此，习近平总书记将这个任务分解成"两个百年"目标，第一个是中国共产党成立 100 年时全面建成小康社会，第二个是到新中国成立 100 年时建成现代化国家。20 世纪 80 年代曾有首《年轻的朋友来相会》的歌，"再过二十年，我们来相会，伟大的祖国，该有多么美，天也新，地也新，春光更明媚，城市乡村处处争光辉"。回头打量过往的这段历史，曾经的梦想，今天基本实现了，我们有理由对中国梦抱持足够的信心。《中国日子 花的海洋》，一定是明天的现实！

◆《中国日子 花的海洋》（版画）哈尔滨阿城 黄泰华作

④ 大地共贺中国梦

鹤翔舞翩跹，

喜酒醉江天。

大地音诗壮，

颂歌霄汉间。

东风扑面处。

举国庆梦圆。

这气势的宏阔，分明听得出喜悦的旋律。中国梦的美丽天空，将留下鹤舞苍穹、万物呈祥的壮丽景象。

@一清博媒：

在这里，我们看到了一种自信，包括道路自信、理论自信、制度自信。实际上也就是一种文化的自信。由是，我突然记起了刘云山在《文化"三自"》一文中说过的一段话，"我们的文化自信，不仅来自于历史的辉煌，更来自于当今中国的蓬勃生机，来自于未来发展的光明前景。"

◆《大地共贺中国梦》（版画） 哈尔滨阿城 黄泰华作（左页）

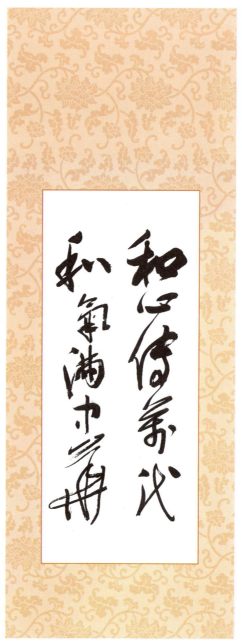

《和心传万代 和气满中华》 何满宗题

第二编

中国梦·中国精神

1 圆梦 起航

一双桨，十人舫，

走过百年风雨，

变成十三亿人的向往；

你双桨摇动的那一刻，

就注定了伟大与辉煌！

你心里装载着历史的改变，

你的旗帜高扬着共产党人的理想。

噢，红船

中国梦，我们再次光荣起航！

◆《圆梦 起航》（剪纸） 山西广灵 王增荣作

　　画面上，或平时于影视剧镜头里看到的红船是很大的，当你真实地站在船头，钻进显得有些低矮的船房时才发现，里面装乘着 12 个当年的与会者，并在那里讨论"建党方略"这般宏大的话题，便觉得这船有多么小了。如果再将视野放大，这个船竟是要荷载未来十几亿人的向往，承担一个民族乘风破浪的实践与理想，你便会感到这船的神奇。嘉兴、红船，这样的关键词，曾经让不止一代学子闻之激动，热血沸腾。人们对于嘉兴的期望，对于红船的热爱，恐怕不是当地人所能感受得到的。因为南湖的烟雨曾掩护了十几位杰出者的行踪，这里的小船承载了一个大国最早的期望。当年作为会议书记员，后来成为人民共和国开国领袖的毛泽东曾说过，中国共产党的诞生，"是开天辟地的大事变"。由此可知，南湖、红船于当今于此后的重大意义了。嘉兴，是中国共产党扬帆起航的地方，是新中国的福星吉祥之地。用今天的话说，是中国梦开始的地方……

> **@一清博媒：**
>
> 嘉兴是世界历史躲不过的地方，嘉兴是中国历史不能忘却的地方，嘉兴是中国人必须永远惦记和打量的地方，因为，嘉兴有一艘红船，它装载了一个东方大国的理想……

⊙ 话说中国梦

　　中国共产党的成立，适应了近代以来中国社会进步和革命发展的客观要求，用毛泽东的话说，这是开天辟地的一个大事变。它的成立，使中国新兴的无产阶级有了自己坚强的战斗司令部，灾难深重的中国人民有了可以信赖的领导者和组织者。从此，领导反帝反封建的革命斗争、争取民族独立和解放、实现民族复兴的伟大使命，历史地落到了中国共产党的肩上，中国革命进入了崭新的发展阶段。

② 圆梦扬帆

雄关漫道卷千岗，霜晨雁叫起苍黄。
拼将热血开新宇，战地歌诗赋大江！
遵义城头升红日，九州新沐满春光。
更问江山谁属予，圆梦紧跟共产党！

◆《圆梦扬帆》（剪纸） 山西广灵 王增荣作

中国革命史走到遵义时，发生了重大转变。烟雾缭绕的小会议室里几天的争执与思考，确立了以毛泽东为代表的新的中央领导班子。这个会议在中国革命极端危险的时刻，挽救了党与工农红军，是中共党史上的一个生死攸关的转折点，标志着中国共产党所领导的中国革命重新扬帆，并从胜利走向胜利，圆了一代人希望建立自己新国家的梦想。

⊙ 话说中国梦

在中华民族百年追梦与民族自强的过程中，是中国共产党人把这个民族带上了实现中国梦的阳光正道！

@一清博媒：

遵义在当下很多人心中，是个福地，是个好运来的地方。

③ 呼喊圆梦

雪花那个飘呀，
飘着世纪的啸哀。
是共产党镰刀斧头，
将黑的牢狱打开；
是几代人的浴血努力，
才有了圆梦的精彩！

这个形象曾经深深地刻在中国人的记忆里，"我是舀不干的水，我是扑不灭的火。我不死，我要活，我要报仇，我要活！"那个不屈的声音，是对整个旧社会的哭喊和控诉，是对平等社会新生活的深情呼喊。白毛女的形象，影响了整整一代人。

◆《呼喊圆梦》（泥人张彩塑） 天津 傅长圣作

4 圆梦征途

八年抗争，精神抖擞，
八年浴血，剿灭寇仇！
民众团结的力量，
让所有入侵者发抖。
中国，
一个不可战胜的
伟大民族！

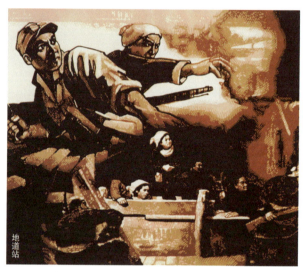

◆《圆梦征途》（剪纸） 山西广灵 王增荣作

"地道战嘿地道战，埋伏了神兵千百万，千里大平原展开了游击战，村与村户与户地道连成了片。侵略者他敢来，打得他魂飞胆也颤，侵略者他敢来，打得他人仰马也翻。全民皆兵，全民参战，把侵略者彻底消灭完。"整个抗日战争的八年时间里，中国人民浴血奋战，不畏强暴，显示了中华民族不屈的意志和英勇顽强的精神，并最终取得了全面胜利。可以说，中国共产党成立九十多年来，这个先锋队就勇敢地担起了实现中华民族伟大复兴梦想的历史重任，使中国人民从苦难走向辉煌。

✎ **@一清博媒：**

其实，《地道战》里还有一首很好听的歌："主席的话儿记心上，哪怕它敌人逞凶狂。咱们埋下了天罗地网哎，人民战争就是那无敌的力量，无敌的力量……"

5 圆梦高歌

硝烟远去了，西柏坡！
考验来临了，西柏坡！
时光把伟岸刻进历史，
意志在锤炼中加钢淬火。
百年追寻中国梦，
心底无私镜新磨！

河北蔚县的《西柏坡》作品是一个很长很长的大作品，因篇幅的原因我们无法使用，只好截了中间的一段，显示的是将要进京的五大领袖毛泽东、朱德、刘少奇、周恩来、任弼时的"合影"像。六十多年前的一个春天，中共中央从河北西柏坡出发，"进京赶考"。毛泽东说，我们进京是迎接大考，退回来就失败了。我们绝不能当李自成。我们一定要考个好成绩。在此前后，毛泽东写下了著名的两个"务必"："务必使同志们继续地保持谦虚谨慎不骄不躁的作风，务必使同志们继续地保持艰苦奋斗的作风。"毛泽东和他的战友们的话，一直响在执政党的耳畔，警钟长鸣……

◆《圆梦高歌》（剪纸） 河北蔚县 周广作

⊙话说中国梦

　　西柏坡的"出发"与"赶考"，是一种转折，也是一个新的接力赛的开始。新中国的成立，来之不易，正因如此，对于实践证明是正确的东西，如道路、理论和制度，我们就应该倍加珍惜，绝不能轻易放弃。展望未来，我们要把整个中华民族的百年梦想变为活生生的美好现实，还有很长的路要走。历史的接力棒传到了我们这一代人的手上，以什么样的精神状态跑好关键时期的接力赛，决定着能否顺利实现社会主义现代化和中华民族伟大复兴。为此，我们必须时刻牢记毛泽东同志当年所提出的两个"务必"，"谦虚谨慎不骄不躁的作风"和"艰苦奋斗的作风"是需永远保持的法宝。

6 中国 前进

或者，擎旗的臂已经颤抖，
或者，抚旗的手不再灵秀，
这是开国大典的旗帜啊，
美丽的身影怎么也看不够！
中国，前进，
我是你信念的哨兵
忠诚代代，执著守候！

◆《中国 前进》（泥人张彩塑） 天津 蔡明作

　　曾经想将上面的配诗讲述成一个故事："或者，擎旗的臂已经颤抖；或者，抚旗的手不再灵秀，可这是开国大典的旗帜啊，你美丽的身影怎么也看不够！ 1949，街头、村头，红旗在一双双手上传递，热血奔涌，喜泪长流。……我要把这曾经的故事讲与儿孙，我要把这动人的传说载入永久。中国，前进，我是你信念的哨兵，永远忠诚守候！"这"故事"有点儿长，经过删改，后来就成了现在的这个样子。

7 大爱中国

那一刻，地裂山崩，
那一刻，动魄惊心；
与生命赛跑的节奏，
谱写了大爱中国和声！

◆《大爱中国》（泥人张彩塑） 天津 赵阳作

这是个流泪季里刻下的瞬间!

那一刻,江河改道,山川变色。那一刻确实改变了很多,原有的房舍没有了,原有的亲人不在了,原有的学校没有了笑声,没有了歌声。但有一样没有变,那就是人心,是爱心。在那一刻,全国民众都捏紧了担心的拳头,希望能在灾区最需要的时候出现自己,希望能在亲人们流血之时不再流泪。那一刻全国总动员,一切工作为灾区让路,全国最好的医院、最好的医生都做好了最充分的准备,爱的暖流回旋在灾区的上空,守护着失去亲人的兄弟姐妹。大爱中国,在那一刻所喷发的关爱力量,让世界变得温暖、动人……

微点评:

每一个民族在它的发展过程中,总会遭遇一些灾难,承受某种考验。《左传·昭公四年》言:"邻国之难,不可虞也。或多难以固其国,启其疆土,或无难以丧其国,失其守宇。"中华民族在一场场灾难面前更加精诚团结,万众一心,用智慧、信心和勇气,越发斗志昂扬地屹立于世界的东方,越发文明、富强和民主。这种同舟共济的民族精神,正是中华民族虽经百难而不倒以及能够复兴的秘密所在。大爱中国,多难兴邦!(马鞍山文明网)

8 精忠报国 千古表率

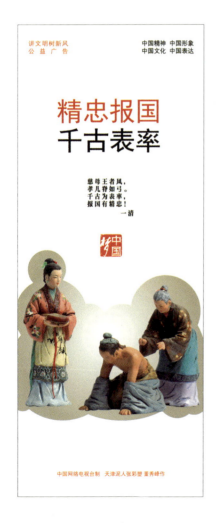

"岳母刺字"的故事，把精忠报国的崇高变成中华文化的血液。千百年以来，流淌于华夏子民的心中。中华民族的伟大复兴，需要我们将传统文化中的精华继承并发扬光大，任何时候都爱我们的国家，忠于我们的民族，是"中国梦"中最重要的精神内容。

@一清博媒：

刻在背上，记在心上，流淌在血液中，荷载在大义仁心上。

下笔王者风，
男儿脊如弓。
千古为表率，
报国有精忠！

◆《精忠报国 千古表率》（泥人张彩塑） 天津 董秀峰作

9 少年强 中国强

把书包放在路边，
把责任扛在双肩。
国脉因你强劲刚健，
民族复兴少年梦圆。

◆《少年强 中国强》（泥人张彩塑） 天津 刘从越作

"中国梦"既包括了今天所取得的成就，更内涵着明天的天空。

未来是孩子们的，中国的未来强大与否，更多的是看现在而起的一代少年，是他们决定着中国的明天。早在1900年，中国近代史上著名政治活动家、启蒙思想家、教育家、史学家和文学家梁启超先生就在《少年中国说》中有过非常精辟的阐述："使举国之少年而果为少年也，则吾中国为未来之国，其进步未可量也。"所以他强调："少年智则国智，少年富则国富；少年强则国强，少年独立则国独立；少年自由则国自由，少年进步则国进步；少年胜于欧洲则国胜于欧洲，少年雄于地球则国雄于地球。"梁启超先生《少年中国说》阐明了少年与国之未来的重要关系，是一直以来我们耳熟能详的励志大篇。

"中国梦"，就是明天的现实；明天的现实，就是今天成长中的少年。他们的身体强健，他们的传承责任，他们荷载的中华民族伟大复兴的历史重任，就是我们"讲文明树新风"所要强调的重要内容，"中国梦·梦系列"的美好表达，就是对少年成长的一种内在期望。

 **@一清博媒：**

"美哉我少年中国，与天不老！壮哉我中国少年，与国无疆！"

⑩ 放飞中国梦

梦想是尚未拆开的一封信，
梦想是前行路上的一盏灯；
梦想是春天播种的绿色希望，
梦想是民族复兴的锦绣画屏。
圆我中国梦，
举世听春莺！

有梦想的民族，才是有希望的民族；有梦想的放飞，才有心灵的通透，才有广阔的蓝天空域。

◆《放飞中国梦》（泥人张彩塑） 天津 王宝臣作

⑪ 新闻战线走转改 基层采访中国梦

茶壶里的爱怜盛满温馨，
烟杆上的故事说着风情；
只嫌丫头你纸笔太小，
如何记得下这爱国的赤诚！

◆《新闻战线走转改 基层采访中国梦》〔泥人张彩塑〕 天津 孙永升作

新闻战线走基层、转作风、改文风，让新闻从业人员深入基层接地气，多些对国情民情的了解，少些官样文章客里空文字。明白"为了谁"、"依靠谁"、"我是谁"的道理……

☑ **@一清博媒：**

"走转改"是对新闻界担当的社会责任的重新提醒，面对中国社会转型期纷繁复杂的情状，思考一下应该担负的社会责任，认清自己的职责所在。这是值得干的事，这活动来得很及时。

⑫ 中国梦 牛精神

铁骨响铮铮，奋蹄自有神。
我是中国牛，天地任我行。

◆《中国梦 牛精神》（漫画） 河北邱县 陈与李作

一个民族有强大的精神支柱和精神动力，就会创造世界奇迹。中国梦的实现，需要一种坚韧顽强的牛劲儿，需要有一种"天地任我行"的自信劲儿。

⊙ 话说中国梦

中国梦的实现，必须弘扬中国精神。习近平主席指出，实现中国梦必须走中国道路，必须弘扬中国精神，必须凝聚中国力量。这里的三个"必须"，清楚地概括了实现中华民族伟大复兴的重要遵循，指明了实现中国梦的三个关键路径。

⑬ 中华儿女 报效祖国

雨雪无阻，亲情在飞翔，
芳草茵茵洒满爱的目光。
生命伦常谱写多情故事，
文化中国美德源远流长。

　　羊跪乳、鸦反哺，这些动物间的故事给予我们很多启迪和道理。"讲文明树新风"所要树的"风"，其实多是我们传统文化中的优秀内容。

微点评：

鸟有反哺情，羊有跪乳恩，怀揣感恩之心回报父母，怀揣道德之心回报社会。祖国带给我们的是悠久的历史，璀璨的文化，道德底蕴深厚的礼仪之邦，辉煌的成就已成过去，美好的明天需要每个人努力去创造。（新疆文明网）

◆《中华儿女 报效祖国》（农民画） 河南舞阳 胡振亚作（右页）

14 一滴汗 一粒粮

◆《一滴汗 一粒粮》（漫画） 河北邱县 任广强作

一日不吃饿得慌，

一季不收饿断肠；

手拍胸膛想一想，

节约粮食理应当。

　　艺术表现着生活。看着农民兄弟这般辛苦地播种，如果我们不珍惜粮食，实在是太不应该了。2013年1月17日，习近平总书记在新华社《网民呼吁遏制餐饮环节"舌尖上的浪费"》材料上有个批示："从文章反映的情况来看，餐饮环节上的浪费现象触目惊心。广大干部群众对餐饮浪费等各种浪费行为特别是公款浪费行为反映强烈。联想到我国还有为数众多的困难群众，各种浪费现象的严重存在令人十分痛心。"习近平总书记因之提出，"浪费之风必须狠刹"！

@一清博媒：

中央文明办在全国餐桌文明行动中有个要求："不剩饭，不剩菜。"就6个字，这要求不算高，但能做到就很不简单了。

⑮ 手中有粮 心中不慌

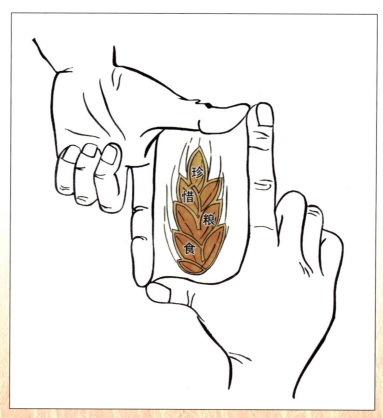

◆《手中有粮 心中不慌》（漫画） 河北邱县 张爱学作

惜福积福，当思五谷；
春种秋收，一路辛苦。
良心叩问，可有愧无？

　　手中有粮，心中不慌，这是我们生活中的常用语。有了粮食，要懂得珍惜，也就是老百姓所说的"惜福"。习近平总书记在2013年1月22日中央纪委的会议上说："我们的财力是不断增加了，但决不能大手大脚糟蹋浪费！要坚持勤俭办一切事业，坚决反对讲排场比阔气，坚决抵制享乐主义和奢靡之风。各级领导干部要时刻把群众的安危冷暖放在心上，多想想困难群众，多想想贫困地区，多做一些雪中送炭、急人之困的工作，少做一些锦上添花、花上垒花的虚功。在我们社会主义国家，决不能发生旧社会那种'朱门酒肉臭，路有冻死骨'的现象。"

　　@一清博媒：
　　习近平总书记在第十八届中央纪委会议上的讲话，说得何其好，我们得不吝自己的掌声！

16 爱惜粮食 颗粒归仓

春播秋收四季忙，
换得五谷溢清香。
劳动成果倍珍惜，
有粮在手心不慌。
中华美德多惜福，
文明新风唱城乡。

最熟悉不过的画面。小时候，我们就是在这样的鼓风车面前长大的。上面的是风车斗，将晒干了的谷物倒入斗中，经手摇柄摇动箱内木扇页，靠着摇出的风将杂物与粃糠吹出，成熟的谷物即从下面的漏斗落入箩筐中，这就是可以归仓的粮食了……

微点评：

饮水要思源，吃饭当节俭。粒粒盘中餐，皆是辛苦换。劳动者的背膀驮着太阳，那粒粒的粮食都凝聚了农民一身的汗水、一年的希望。珍惜劳动，爱惜粮食。（云南文明网）

◆《爱惜粮食 颗粒归仓》（农民画） 广东龙门 谭池发作（左页）

⑰ 满眼庄稼 满眼希望

何人手笔文章，
将丰收喜悦，
全写在这画屏上。
江山美如斯，
满眼尽春光，
中国梦乡……

唱一首歌吧："我们的家乡在希望的田野上，炊烟在明媚的
春光中飘荡，小河在美丽的村庄旁流淌，一片冬麦，一片高粱……"

@一清博媒：
看着这样的庄稼，看着这样的田野，无法不充满希望啊。

◆《满眼庄稼 满眼希望》（版画） 哈尔滨阿城 代君作（右页）

18 绿化祖国 我来了

山，是盘古辟开的山，
川，有先祖行过的船，
江山万里秦时月，
春深掩映汉时关。
绿化祖国我来了，
举目寻旧踪，
入眼尽青山！

　　这般画面，就是我们想像中的"美丽中国"的一个侧影。重视生态文明建设，是同心共筑中国梦的重要任务。党的十八大报告中特别强调："把生态文明建设放在突出地位，融入经济建设、政治建设、文化建设、社会建设各方面和全过程。"这就要求民众要自觉珍爱大自然，保护生态环境。

◆《绿化祖国 我来了》（版画）哈尔滨阿城 矫英作

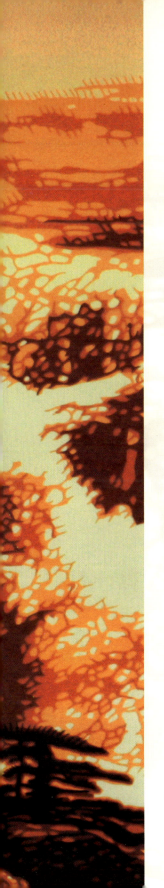

19 黄河 中华魂

黄河之水日边来，
雄风高举奔大海。
波涛书写民族情，
中国福门次第开。

　　黄河的这般气派，用来形容当下中国国势再恰当不过了，两者间有着共同的内在雄浑之气，有着英雄般的魂魄翱翔于大地九天。这个"中华魂"就是实现中国梦的"中国精神"！

📝 @一清博媒：
耳边响起了"黄河之滨集合着一群中华民族优秀的子孙"这样的旋律。"同学们，积极工作，艰苦奋斗，向着中国梦，前进，前进，我们是劳动者的先锋。"——呵呵，这后面是我续的！

◆《黄河 中华魂》（剪纸）　山西广灵 王增荣作

⑳ 中国要圆梦 再活一百年

俩老公园歇脚闲，
聊起新闻说不完。
悄悄耳语为保密，
不巧路人全听见：
"听说中国要圆梦，
你我再活一百年！"

一出可乐的街头情景剧，
两位老人不知道此一刻成了情
景剧的本色演员。

◆《中国要圆梦 再活一百年》（泥人张彩塑） 天津 傅长圣作

第三编

中国精神·中国文化

① 忠厚传家久 诗书继世长

山路上的少年一脸阳光，
山路上的书声诵着吉祥；
山路上的书包装着未来，
山路上的憧憬向着远方。
诗书继世儿孙福，
德耀门庭满族芳。

◆《忠厚传家久 诗书继世长》（泥人张彩塑） 天津 王宝臣作

据说大城市里的人大多经不起查出生地，再怎么着的人，往上查三代，差不多都是农村来的人。

所以，这书包，这棉衣，这山路，都是背过的、穿过的、走过的。

还有这憨憨的表情，也是曾有过的。

只是这右手捂着的口袋里的信，那是"希望工程"寄出来的，估计只有一代人享受过这样的关爱，因为往前追索，那会儿还没有"希望工程"这个事物这个词儿呢。

所以，读书，于山里孩子，那是天大的事，"山路上的憧憬向着远方"，那个"远方"，就是孩子的明天，就是孩子的未来。

中国梦首先是孩子们的梦，他们的梦里一定有辽阔星空闪着大眼，一定有春花灿烂透着吉祥。

"忠厚传家久，诗书继世长"，这是我们给忠厚之家的祝福，也是对一代新人的期望。

记得那天接到这幅作品的配诗任务后，我正在北京怀柔农村里爬山，看着打印稿上孩子那脸憨厚与善良，我的心中充满了阳光，我觉得就在刚才，就在这弯弯的山道上，我邂逅了这个山里娃儿，我看到了他奔跑在山路上的脚步和听到了他捧着新书的诵读声。于是，我一气呵成写下了画面上这六句小诗，我感觉到与这憨厚可爱的山里娃有了接触，有了对话，有了心灵的交流……

后来，当我在首都机场和天安门广场再次"邂逅"这个山里娃时，突然有一种梦般的感觉，似乎真看到了孩子的脚步正在向我走来，还是那憨厚的笑、纯洁的笑，还是那一脸的阳光、一身的吉祥。

中国梦，就是孩子们的明天……

✎ @一清博媒：

这孩子有点像我大侄儿，方方正正的头，憨憨厚厚的态。读书实在是件好事，"山路上的书包装着未来"有道理。

② 仁爱

铜钱与金锭，
分量不一般。
只要爱心存，
仁义在其间。
童心如朝阳，
缕缕春风面。

◆《仁爱》（年画） 天津杨柳青画社供稿

当杨柳青年画作品呈现在我们眼前时，相信读者朋友都会有眼睛一亮的感觉。

"杨柳青"是我们熟知的一个品牌，在国内外有着很好的声誉。

杨柳青年画的制作方法有些特别，是"半印半画"，也就是先用木版雕出画面线纹，再用墨印在纸上，套过几次单色版后，复以彩笔填绘。杨柳青年画的特质是人所共知的，即具有笔法细腻、人物秀丽、色彩明艳的特点，且作品气氛十分吉祥和瑞，无论童子或仕女或其他各色人物，均有着十分养眼养心的秀丽与夸张。

看着这一对小童子，我们的心都化了，那是因为爱……

@一清博媒：

倘若印成挂历挂在墙上，该有多么的喜庆与吉祥啊！

微点评：

心中有仁，眼里有爱，仁为善之基，爱因善而生。让社会多一份仁爱，生活就会变得更加和谐。仁爱是一种宽容、善良、信义与付出；仁爱是一种克制、慈悲、佛心与大爱；仁爱也是人际社会温暖与互助的基本保障。如果每个人都有仁有爱，必将驱散这世界的冷漠与自私，筑起人与人之间的友爱之城。（绍兴 钱科峰）

节俭

◆《节俭》（年画）天津杨柳青画社供稿

臂如春藕甜，

脸若秋枣鲜；

拾得一穗谷，

归仓乐争先。

节约好传统，

童心玉蓝田。

最炫民族风，最美杨柳青。难怪有文化界高人在看完天津杨柳青这一组"讲文明树新风"公益广告后有长段的"感言"，认为这是民族文化的"亮点"，值得特别推崇。

微点评：

静以修身，俭以养德，非淡泊无以明志，非宁静无以致远。居丰行俭，在富能贫，更需要觉悟、修行、文化。每个人心中都应装着君子般的品行，笃于修养，勤于践行，让节俭成风尚！（阜阳文明办）

4 互助

春桃满筐谁在先？
互助方能同乐园。
仁爱彼此有心知，
推己及人心如莲。

◆《互助》（年画） 天津杨柳青画社供稿

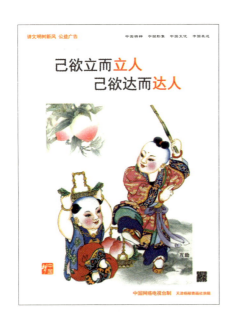

讲文明树新风 公益广告　　中国精神　中国形象　中国文化　中国表达

己欲立而**立人**
己欲达而**达人**

互助

中国网络电视台制　天津杨柳青画社供稿

这画原名《互助》，细看画中情景，便知了这"互助"的细节，让人忍俊不禁。其实"互助"本也属于"讲文明树新风"范畴了，又被赋予"己欲立而立人，己欲达而达人"的丰富内涵，更增添了些古意，境界更加深远。

@一清博媒：

有回到君子国的感觉，梦一般，享受着谦谦之风……

微点评：

仁德的人，自己想成功也要使别人能成功，自己做到通达事理也要使别人通达事理。我为人人、人人为我，无私地帮助他人，才能在自己无助时获得别人的帮助。（滁州文明网）

5 中华传统 兄友弟恭

《中华传统 兄友弟恭》（年画）天津杨柳青画社供稿

春燕剪柳风，
相邀同出工。
兄有嘱咐语，
弟闻记心中。
兄友复弟恭，
美德世称颂。

　　杨柳青年画题材的一大种类便是娃娃。这些娃娃体态丰腴、活泼可爱。他们或手持莲花，或怀抱鲤鱼，都象征吉祥美好，极是惹人喜爱。便是这一对相约着去劳动的童子，也是杨柳青式的"出工"，透着一种吉祥之态与富贵之气。

@ 一清博媒：

杨柳青的年画在艳丽的色彩中，飘荡着一种厚重的文化清香。

6 年年有余

◆《年年有余》（年画）天津杨柳青画社供稿

手抱大鱼，
其心欢娱；
香荷在手，
童心如玉。
节俭吉祥，
年年有余。

通过寓意手法表现百姓美好情感与愿望，《年年有余》算是一幅典型性作品。画中童子怀抱鲤鱼，手持莲花，取其谐音，寓意生活富足美好。此画广为流传，家家户户门庭似乎都见过其身影。

微点评：

传统的元素，衬托中国人最朴素的梦想；勤是致富的根本，俭是维持家道兴旺的法宝。因为勤俭，所以快乐写在脸上，家家户户挂在墙上，刻在心中！清洁无暇莲叶荷，怀抱金鱼年年有余，勤俭节约好风气，吉祥童子好兆头。（莱芜 李斌才）

⑦ 助人为乐 人小德高

背一程，走一程，
不舍不弃一路行。
同堂为伴你与我，
夜读愿借一天星。
长大共圆中国梦，
一路风雨自同心！

同样也是一幅让人眼热的画面……

@一清博媒：

助人为乐，中华民族的好传统在新一代
人心里传承。

◆《助人为乐 人小德高》（泥人张彩塑） 天津 董秀峰作

8 中国少年 仁心爱物

鸡是鸡，鸭是鸭，
小雏都是宝疙瘩。
不许急来不许抢，
吃呀喝呀先着它。
从小主持公平事，
中国少年仁心大。

◆《中国少年 仁心爱物》（泥人张彩塑） 天津 孙永升作

童心可爱，仁心可敬。中国少年，仁爱及于物，得五千年文化之大道，中华民族必将世世荣昌。

⑨ 万物都是人类的朋友

母鸡嘎嘎叫，
小雏趁热闹。
只为一粒粟，
童子抓得牢。
奶奶悄声语，
都是好宝宝。
爱惜众生灵，
仁善最重要！

这里是一个生态文明
的概念，虽然小童子和老
奶奶不一定知道生态文明
是个什么宝贝，他们只知
道大鸡小鸡都是生灵，都
是人类要善待的朋友。

◆《万物都是人类的朋友》（泥人张彩塑） 天津 孙永升作

⑩ 关爱留守儿童

渴望的眼睛，
盼着亲情。
伸出关爱的双手，
世界变得温馨。

◆《关爱留守儿童》（泥人张彩塑） 天津 张悦作

在这渴望亲情的眼睛面前，我们得想想，能为他们做些什么。

@一清博媒：

泥人张的作品，有着震撼人心的力量。在这样的作品面前，我想起了习近平总书记在中共十八大选出的新一届领导班子与中外记者见面会上的一段讲话，他说："我们的人民热爱生活，期盼有更好的教育、更稳定的工作、更满意的收入、更可靠的社会保障、更高水平的医疗卫生服务、更舒适的居住条件、更优美的环境，期盼着孩子们能成长得更好、工作得更好、生活得更好。"这里的十个"更"都是中国梦的目标，我们的孩子们将会有更好的成长环境，将会获得更多的关爱！

⑪ 中国孝 辈辈传

孙儿口中糖，吮吸无比香；
突然抽将出，送与奶奶尝。
奶奶只需闻，甜意透心房。
仁孝好传统，山高水亦长。

◆《中国孝 辈辈传》（泥人张彩塑） 天津 王润莱作

　　孝道，是中华民族最大的可持续发展保证。如果人的孝道不可以持续，那就是最大的不可持续。这幅图中情景，让我们看到了民族文化强盛的生命力，也因之看到了中国梦希望的明天。

12 孝道 中国人的血脉

构图，是这般巧妙，
子老相撑就是"孝"。
子承老也老传子，
代代衔接根基牢。
中华血液流万代，
道统纯正德风高！

◆《孝道 中国人的血脉》（泥人张彩塑） 天津 傅长圣作

道德的根本就是孝，一切由此生发而来。中华民族的血管里，就流淌着这样的道德血液！

微点评：

我的面颊还未褪去绒毛，你的眉眼却已染上清霜，我的掌心还未长出错综的纹路，你的身体却已布满岁月的沟壑。曾经，你用双手撑起了我成长的天空；而今，我的臂膀便是你生命道路的拐杖。（张家港 闻亚萍）

⑬ 人生遇挫亦安然

人生路上多坎坷，
跌倒爬起先坐坐。
总结经验再努力，
前行路上心气和。
遇挫何须怨命运，
他日重唱奋进歌！

这是一种人生态度，谁都会有不小心跌倒的可能，调整好自己的心态，先梳理一下自己的情绪，明天一定会好起来。这是咱中国人自下而上的人生智慧哲学。

◆《人生遇挫亦安然》（漫画）上海丰子恺旧居陈列室供稿

14 耕读传家

忘不了辛勤的老牛，
忘不了收获的金秋；
忘不了窗前的书声，
忘不了家风的悠久。
忘不了哟，
月色江声共一楼……

朱自清先生曾这样评价丰子恺先生的作品："一幅幅的漫画，就如一首首的小诗——带核的小诗。你诗的世界东一鳞西一爪地揭露出来，我们就像吃橄榄似的，老咂着那味儿。"

咂着这味儿的还有我们"讲文明树新风"的公益广告创作团队。

◆《耕读传家》（漫画） 上海丰子恺旧居陈列室供稿

⑮ 中华文明 生生不息

走过了很多地方，
见过了地老天荒。
而今策马回望，
泪水新诗两行：
中华民族根千丈，
历经苦难又辉煌。

这份感叹，深沉得能听出泪水……

◆《中华文明 生生不息》（漫画） 上海丰子恺旧居陈列室供稿

16 中华河山 美哉壮哉

春风驿马飞快，
天光云影徘徊。
青山飞瀑深意，
荡我心中尘埃。
感念造物有情，
中华一何伟哉！

不多的笔墨，勾画出的意境让人浮想联翩。

◆《中华河山 美哉壮哉》（漫画）
上海丰子恺旧居陈列室供稿

清涟香溢是荷花，
江月照人梦中家。
出淤不染品高洁，
亭亭玉立气自华。
荷心和意和万代，
和气福瑞满中华。

17 和心传万代 和气满中华

这是中国民间对于"和"的表达，总是这样的委婉，这样的文气，这样的心中开满莲花，这或者就是一种根植于内心的和文化……

⊙ 话说中国梦

中国梦是复兴之梦、发展之梦，也是和谐之梦、和平之梦。习近平主席指出："始终不渝走和平发展的道路，始终不渝奉行互利共赢的开放战略。"这就向世界传递了实现中国的文明复兴，建设和谐世界的中国理念。坚持和平发展，是实现中华民族伟大复兴的必由之路。一个和平发展的中国，终将完成民族复兴伟业，也终将成为世界持久和平与共同繁荣的保障。

◆《和心传万代 和气满中华》（剪纸） 河北蔚县 周志旺作（左页）

⑱ 君子三德：仁智勇

君子德在先，仁者种福田；
大智明心性，道义勇为肩。
梅兰香竹菊，中国梦里妍！

孔子说过："智者不惑，仁者不忧，勇者不惧。"此乃儒家三德者也。

◆《君子三德：仁智勇》（剪纸）
河北蔚县 孙清明作

⑲ 君子喻于义

梅兰竹菊入梦来，德如清风春满怀。
为君但行天下义，心底无私明镜台。

　　梅、兰、竹、菊一直是中国文人们所热爱的东西，象征着高尚的德行，取其事物之秉性罢了。

◆《君子喻于义》（剪纸） 河北蔚县 边树森作

20 和满中华

鹅，鹅，鹅……
童声飘过千年歌。
白羽红爪诗情在，
月色荷塘云影波。
中华福万代，
人心最中和！

中华民族是一个热爱和平、崇尚自由、追求正义的民族，
中华文化是一种真诚的和平文化，几千年来一直如此……

微点评：

中国，方圆之间为中也；中者，和也；睦为气，善化韵，气定而
神韵者也。融合于天地之间，你争我抢不如琴瑟和鸣。鹅之鸣代
表了人性之中的让与亲，世界因和而夺目，因善而结缘。（重庆
卢昊）

◆《和满中华》（农民画） 河南舞阳 胡庆春 胡浩生作（左页）

21 中国梦 和为贵

起舞荷塘，
柔声歌唱。
中国梦乡，
和平希望。

◆《中国梦 和为贵》（农民画）河南舞阳 张新亮作

　　荷塘的起舞，荡起的是和风，这一群天真的小生命，它们的出现，即使战争发生，或者也会因之而停下……

微点评：

一群小黄鸭俏皮地逗乐轻舞的小燕子，与鱼群嬉戏，荡起清波无数，勾出童年家乡的味道。自然与生命，是一种与生俱来的给予和依恋。梦中家乡的味道时而欢快活泼，时而绵延悠长，时而静谧温润，赐予我生命的力量……（遂宁 谭琳）

22 我们的生活洒满阳光

百兽舞朝阳，晨曲唱八荒。

春山写春意，春野雨露香。

生活一何美，满心是阳光。

我们的生活洒满阳光，这阳光来自心灵，来自我们和善的中华文化根脉。

◆《我们的生活洒满阳光》（版画） 哈尔滨阿城 郭长安作

23 当好人有好报

风情天赋眼眉腰，出自农家第几娇？
春来撒种千万颗，秋有果实满青郊。
福田广种心欢喜，仁心定当有好报。

◆《当好人有好报》（农民画）　南京六合　丁广华作

有播种，就有收获；有付出，就有善报。中国人的观念是要做好人，"中国梦"里的中国人都将是道德高尚的人。

㉔ 余庆送给有德人

唱段儿歌，送有德人：

尊敬恩师，莫负娘亲。

天地之理，永记在心。

◆《余庆送给有德人》（泥人张彩塑） 天津 赵婉清 杨志忠作

看得出泥人张作者所要表达的内容，也是"连年有余"的题材。我们这里将这"鱼"换成了"余庆"之"余"了。"讲文明树新风"希望将这"余庆"送给有德的人——就是那些内心世界得到了提升的人。

25 我俩要当美德少年

脸贴着脸，
肩并着肩；
有句话儿藏心间：
哥俩相约齐努力，
争取当个美少年。

良好的品德教育能让一个孩子
树立起良好的人生观、世界观和价
值观，这也决定了孩子的未来。做
一个美德少年是一种阳光的理想。

◆《我俩要当美德少年》（泥人张彩塑） 天津 孙永升作

26 大德曰生

一生二，二生三，
三生万物似波澜。
怀仁施善心香定，
大德自然在其间。

◆《大德曰生》（版画） 哈尔滨阿城 郭宇虹作

中国最古老的哲学和最智慧的秘诀，被哈尔滨阿城人的三个蛋给表达清楚了。真是神作品！

27 行善每一天 翱翔秋天里

金风十月听流泉，
金叶飞舞弄七弦。
金翅翱翔德世界，
金心行善每一天。

◆《行善每一天 翱翔秋天里》（版画） 哈尔滨阿城 黄泰华作

秋天，在作者的笔下竟如此灿烂辉煌，是行善所得的福报。

28 心洁白 道路宽

冰雪晶莹剔透，奔跑双双小鹿，

心地洁白如玉，空山碧水自流。

道路宽阔行走，中国梦乡千秋。

中国梦乡，一片纯美之境。我们的心灵深处，也应该是如此的不染片尘，积德行善，一心一意地为中国梦的实现做些事情。

◆《心洁白 道路宽》（版画） 哈尔滨阿城 李凡丁作

29 让爱洒满人间

春池水涨三月天，
鹅黄白羽水中仙。
孝义一如云霞锦，
仁爱之露漾新泉。
前行路上相呵护，
德风高举庆梦圆。

中国梦就是人民的梦，国家好，民族好，大家才好。荷载着中华民族优良传统的我们这一代人，理应让爱洒满人间。

@一清博媒：

一个有爱的世界，一定是蕙风吹拂、百鸟和鸣的世界。中国梦，就是这样一种状态！

《让爱洒满人间》（版画） 哈尔滨阿城 郭长安作（左页）

雁归秋已深，
金风唱晚晴。
孝老敬亲好，
善良国人心。

——清

◇《金光闪闪 中国人心》〔版画〕 哈尔滨阿城 黄泰华 作

第四编

中国形象·中国表达

1 "中国梦"的美丽表达

北京的这个夏天有些美。

因为来自天津的"泥人张"、"杨柳青"，来自上海丰子恺旧居陈列室的丰子恺漫画、金山农民画，来自江苏无锡的泥人，来自河南舞阳、浙江嘉兴秀洲的农民画，还有来自河北蔚县、山西广灵的剪纸，以及广东龙门、陕西户县，以及黑吉辽、云贵川的版画、漫画、年画等，可谓各色"人物"，齐聚京城。"它们"在经过"讲文明树新风"——"中国梦·梦系列"创作团队的精心梳理后，登上了首都北京的公共视觉空间，吸引着南来北往的欣赏目光。鲜活着的"她们"或载歌载舞，或耕耘收获，"她们"手中的劳动工具、"她们"使用着的纸笔刀剪，给我们以一片又一片的生动与惊喜；"她们"满心快乐的拥抱，满怀期冀的表情，无不洋溢着生命的激情，无不述说着生活的美好。"她们"是一群送吉祥的使者，是承载厚德、传递善良的时代达人！

"她们"就是"中国梦"公益广告的主人，一组源于全国民间艺术工作者的艺术代表作。

在首都机场航站楼，在西单君太百货大厦，在北京动物园公交枢纽，甚至在天安门广场，巨大的 LED 屏上，一帧帧的画面，都是那样生动鲜活。这些源于生活、源于劳动现场的艺术佳作，述说着"文明新风"的"中国梦"故事，传递着中华文化的博大精深，洋溢着快乐生活的内心欢悦。人们在购物、停车和办理航空、公交票务之余，或是行走在大街树荫之下，总要在这些画面前驻足，有的更是要合个影以为留念。一位网友在文章中写道："在机场的'中国梦'广告画下合个影，有种说不出的感受，在一个广告资讯洪流快要淹灭人的海量信息时代，主动地找'广告'合影，这事有着不可言说的妙处，那一定有着打动人心的美丽与新鲜。"

"打动人心"的东西到底是什么呢？那就是深含在这些画面背后的浓浓的爱国、爱生活的情愫。无论是全国各地的原创者，还是"讲文明树新风"——"中国梦·梦系列"北京工作室里从事二度、三度甚至四度创作的工作团队，他们在这个酷热的季节里，用汗水和心血浇灌了这样一束装点京城空间的艺术之花，他们把时代的口号变成了动人的形象，他们把中国梦的憧憬，变成了一帧帧可为收藏的美丽风景。

从此，"讲文明树新风"有了一种新的语言，"中国梦"的表达有了新的形象与精神。

原来，"中国梦"的前景可以这样美好，这样吉祥，这般鲜活，这般绚丽！这样的好心情，

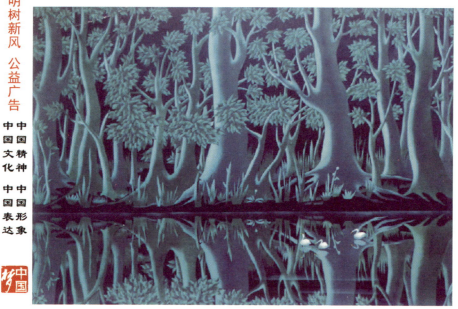

◆ 《保护环境 有我有你》（版画） 哈尔滨阿城 李凡丁作

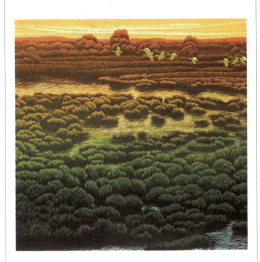

讲文明树新风
公益广告

中国精神 中国形象
中国文化 中国表达

中华圆梦
旭日东升

万象为宾客，
天地共新诗。
中华圆梦日，
旭日东升时。
　　　　　一清

中国网络电视台制 哈尔滨阿城 郭长安作

可以从《中华梦圆 旭日东升》中得到加强。观看这样的公益广告，让人感受和感慨的是：这是一种什么样的巨大能量啊！

在天安门广场长达几十米的宽阔LED大屏看这些画面呈现时，除了这种宏大氛围与视觉冲击，其实，更让我们动心的，是这一帧帧画面中所特有的那种震人心魄的美丽与生动。在这个"图阅读"、"微阅读"的时代，一幅画面的震撼带给我们的真切感受，胜却无数文字的描述与叙说：

"中国向上"，多么威武的感觉！

"中国向上"，多么庄重的表达！

一幅图，一个标题的注入，立即就获得了超越与升华，立即就有了生命的灵动。

《易经·系辞》说："圣人有以见天下之赜，而拟诸其形容，象其物宜，是故谓之象。"又云"子曰：'书不尽言，言不尽意。'然则圣人之意，其不可见乎？子曰：'圣人立象以尽意。'"

"立象以尽意"正是那胜却无数的妙处所在！

◆《中华圆梦 旭日东升》（版画） 哈尔滨阿城 郭长安作

◆ 夏日炎炎的天安门广场大型 LED 屏下，等着合影的人一波又一波。

　　古人认为，书不能尽其言，言不足以尽其意。那怎么办呢？用形象（图）说话，比什么都来得快，所以"立象尽意"，就是看图说话，就是当下的"图阅读"、"微阅读"。"讲文明树新风"公益广告制作团队，取用几十位来自生活第一线的民间艺人创作出的图像，将"中国梦"述说得碧水可掬、鲜花留香、生动可人，让匆忙的人们在这酷热的夏季独得一份心灵的清凉，感受到"图阅读"的惊喜与心悦，感受到"讲文明树新风"的那一缕"新风"！

　　这个夏季的北京，文明新风缕缕吹过，"中国梦"意境美丽撩人，"新风"吹过的城镇乡村，都将收获一份好心情。

　　那就拍一张天安门广场的照片吧，留下一份梦境的同时，让好心情与更多的人共享。

2 "中国梦"的简洁表达

我在《话说"文化三自"与中国梦》一文中，曾经这样写过，"中国梦"必将成为一个真实的事件。眼下的它是一个计划、一份蓝图、一个美丽的愿景；还是一份承诺、一叠礼单、一本激励国人毅然前行永不懈怠的励志书。这里的表述看起来似有些诗化，其实，对于中国梦的表述太过琐碎也未见得准确。中国梦，就是中国人过好日子的那份憧憬那份向往，就是中国人为实现民富国强的远景蓝图庄重承诺。

在"讲文明树新风"——"中国梦·梦系列"公益广告里，中国梦的表达是最简洁的，是直奔人心的。

"挑着梦想出发，担着希望回家；唱着山歌入梦，日子如诗如画"——这就是中国老百姓心里的"中国梦"。"天上祥云水中霞，歌声缭绕是我家。日出东山催春早，月落田畴静如画。奔梦路上从容人，心中满开幸福花"——这就是中国老百姓心中的美丽生活。

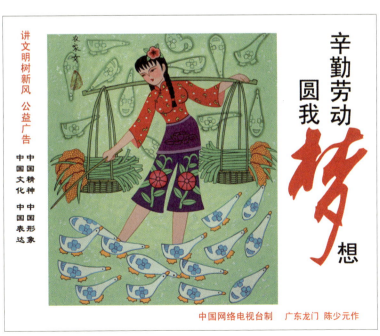

◆《辛勤劳动 圆我梦想》（农民画）广东龙门 陈少元作

这里没有具体指标，没有数据比例概述，这里呈现给公众的是一幅幅美丽的图画，传递的是一份份美好的心情。创作团队对于每幅作品的"命名"，少则一个熟语，多则十来个文字，清新晓畅，雨后春阳。如《善曲高奏》、《和满中华》、《奔梦路上》、《有德君子》、《祝福祖国》等；又如《中华好河山》、《我的梦，中国梦》、《春风又绿中国梦》、《劳动 最美的旋律》、《绿化祖国 我来了》、《奔梦路上 霞光满天》等；再长一点的如《春

◆《绿色田野 满心希望》（版画） 哈尔滨阿城 刘中国作

的耕种 秋的火红》、《经常洗心 不使染尘》、《中国圆梦日 该我飞天时》、《中华圆梦 旭日东升》、《中华圆梦 万马奔腾》、《中国好年头 百姓乐翻天》等。这一幅幅的作品，表明了中国人"奔梦"的状态和精神的高度，表明了中国人荷载的历史责任与美德传承。

在"讲文明树新风"系列公益广告中，我们看到了创作者对于传统文化的不舍和对于时代责任的坚守。如《孝聚祥瑞》，这个来自河南舞阳的农民画作里，所显现的那一份化

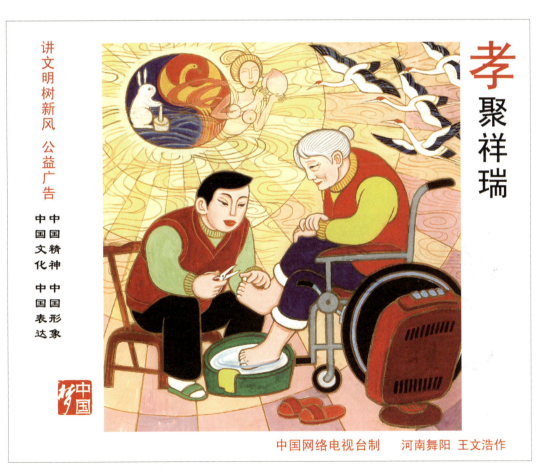

◆《孝聚祥瑞》（农民画）河南舞阳 王文浩作

讲文明树新风 公益广告　　中国精神 中国形象 中国文化 中国表达

中国**好**年头
百姓**乐**翻天

老汉荡秋千，
快乐闹翻天。
中国好日子，
再活五百年。

铁林

中国网络电视台制　河南舞阳 任明兆作

不开的浓浓亲情，让我们眼热心动，这就是中国人的知恩报恩孝老奉亲的美德传承。未来中国梦的实现，一定是这种元素的更加放大，这种亲情的依然延续。

同样，在这个系列作品里，我们看到了中国人对于时代责任的坚守。在所有作品里，最多的是"美丽中国"的表达和"勤劳善良"的身影，这一份美丽保持在山清水秀里，保持在人与自然的亲和里，表现在天人合一的和谐里。

一些作品所呈现出来的颜色，可以染绿我们的心情，点亮我们的眼睛，满目青山的生命蓬勃与充满希望的春色田畴，使人们觉得青春满驻、阳光心头。这既是现实的中国，也是充满着梦想的中国。

正是这样一种精神状态下的"奔梦"人，正是这样一种"中国向上"的中国国运与国势，正所谓"春回大地，凤翔九天；天下归心，华夏梦圆"，正是一

◆《中国好年头 百姓乐翻天》（农民画）
河南舞阳 任明兆作

个民族整体昂扬向上的气场，将拼搏奋进的风帆鼓得满满。

还有一幅作品叫《中国圆梦日 该我飞天时》（见第 83 页），何其豪迈，何其自信，何其英武之至！

这或者就是一种精神，或者就是云山《文化自觉 文化自信 文化自强》所要求的精气神！

所以，当我们从繁忙的机场、车水马龙的交通枢纽、城市建筑的围挡上看到这样的画面时，我们对于"中国梦"的憧憬就鲜活了，对于"中国梦"的想像就更具张力与空间了。

以简知理，是这批公益广告广受欢迎的真正原因，而在这"简洁"的表达里，其所承载的 13 亿人的伟大梦想，却是那么生动可触，那么鲜活动人。这或者就是主创者们所宣示的"中国精神"、"中国形象"、"中国文化"、"中国表达"的精义所在！

③ "中国梦"的艺术表达

"中国梦"梦系列的作品在首都及全国各地的建筑围挡和公共设施上出现后，很多人的第一感觉是：很养眼。

这种"很养眼"的感觉在中央电视台《新闻联播》节目播出后，尤其得到了强化。

称一份公益广告"很养眼"，应该是制作人所得到的最好"回报"，表明你的作品为公众所认可，有着真正的"公益"作用。

作为该广告系列的参与人之一，我曾接到一位很多年没有见过面的老同事的电话，称在《人民日报》、《光明日报》、《经济日报》等众多报纸上看到了署有"一清"配诗的公益广告，说这批广告没有白做，十分养眼养心。内中特别提到了《中国梦 我的梦》《华夏梦圆 天下归心》《万马奔腾》《奔梦路上 霞光满天》和《中国好棋》等泥塑、剪纸作品。有在他国休假的网友亦从 QQ 上发来了他看到系列公益广告后的感想：你们能用民间艺人的作品作为公益广告的创作素材，十分了得。而且有的民间艺术作品画面的那个美，真有一种让人喘不过气来的感觉，真不知道那都是些什么样的艺术高手！

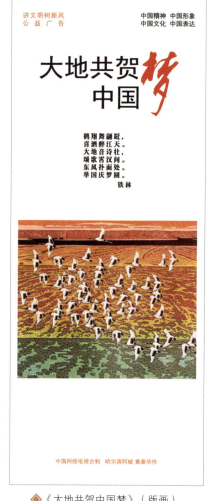

◆《大地共贺中国梦》（版画）
哈尔滨阿城 黄泰华作

　　画面美得"喘不过气来"，这显然是对中国民间艺术爱极了的夸张。但"中国梦"梦系列公益广告在美丽画面的寻找上，确实没少花工夫。创作团队在酌选原始素材时，寻找的脚步走过了大江南北、长城内外好多个省份，过眼的作品有数万幅之多。

　　公益广告创作团队的工作状态一直是"在寻找中"，这一点，各地民间艺术工作者对于来自北京的这个团队的较真劲儿和投入态度，十分佩服。而团队人员又确实在大海般的民间作品面前不断地有着"发现"的喜悦。那些好的作品让他们彼此心领神会，互相传阅。

　　好的标准当然就是"美"。

　　这"美"是多方面的，先是画面的。

　　我们来看下面这两幅作品，扑面而来的就是那种令人心旌摇动的感受：

　　其中一幅画叫《中国梦 春意浓》（见第 17 页），其原题为《春入桃林》，但在重新命名为《中国梦 春意浓》后，其意境更显宽阔、深远。那青山、绿柳、红花相映的春意，那闻得见的声声鸡欢鸭鸣与淙淙流水，确有如梦意仙境，而又是人间桃源，百姓生活。这种艺术的写真，似梦非梦，似实非实，正是一种梦的话语般表现。这梦就是我们所期冀的"中国梦"。而这个"中国梦"以山如青黛、柳绿桃红的乡村风情为背景，或者也该是"中国梦"的梦里主色调。

　　同样，另一幅《大地共贺中国梦》（见左页），更是让我们感受到中国圆梦之日那种天地同贺的辉煌与壮丽。"鹤"与"贺"同音，古代诗画中，均取同义。被选作公益广告的这个画面，气势恢宏，美不胜收。俯瞰大地，春深似海，万鹤翱翔，十分壮观。

　　上两幅作品在注入新的标题后，都有一种音乐的旋律感，让人听得出长笛的穿云破雾，听得出铜管的明丽辉煌。"讲文明树新风"——"中国梦·梦系列"公益广告所呈现的这种美丽，是当下公益广告作品中少见的，这可能也就是人们称之为"很养眼"的原因所在吧。

　　看到下面这样的画面，再读着她身边的清新小诗，或者我们应该为这青涩的笑容所呈现的生命张力鼓掌，为这似梦非梦的憧憬表情而折服。

　　小姑娘身边的配诗全文是：

始信泥土有芬芳，

转眼捏成这般模样。

你是女娲托生的精灵，

你是夸父追日的梦想。

让我轻轻走过你的跟前，

沐浴着你童真的目光，

让我牵手与你同行，

小脚丫奔跑在希望的田野上。

呵，中国，

我的梦，

梦正香……

◆《中国梦 我的梦》（泥人张彩塑） 天津 林钢作

◆浙江嘉兴街头，在公益广告牌前流连的市民。

"梦正香"，是一种状态，小女孩的那份童真目光与羞涩表情所显现的状态之美，无法不吸引人们目光流连。

所以，我们多有看到，从街头匆匆走过的人们，每每从这样的"目光"下走过，都会有意无意地停下脚步多打量一眼，有的则掏出手机拍下这养眼小姑娘的身影表情，留作一种纪念。

看来，将"中国梦"以纯艺术的表达方式推送到广大民众面前，并让他们愉快地接受，创作团队的这一愿望很有质量地实现了，这无疑是件让人高兴的事。当下，我们在中国的城市街头看到这样一幅幅一帧帧美丽画面时，我们会记下"中国梦"的明丽前景，愿意为实现这样的"梦"而付出，而努力。

中国梦，也定将是美丽的！

④ "中国梦"的诚实表达

中国梦，是个内蕴着富强、民主、文明、和谐等核心价值的东方大梦，是近代中国人民百年奋斗将要结成的丰美硕果。

早在上世纪的 1910 年，上海人陆士谔在他的科学幻想小说《新中国》里记载了一个在当时实在只能算是神奇且不可思议的梦。梦中主人似看到了"万国博览会"竟在上海的浦东新地举行，市政为便于百姓参访，奇怪般地在海滩建成了浦东大铁桥，建成了过江新隧道，铁道不独在城市的边缘穿行，还在城市中心的地下穿行。梦中的上海工厂里，什么都能制造出来，想哪是哪，竟有鬼斧神工的妙处，而且遍布于上海滩插满他国国旗的租界其治外法权亦已收回，汉语不但在人们自由的交谈中自由使用，且成了全球通用的流行语言……

最后，梦中人一跤跌醒。

一百年后，这个曾经的"梦想"已经是一种真实的描述。今天的上海比这位陆先生梦中想像的更要先进，更要神奇。上海如此，整个中国也基本如此。

应该说，上海陆先生那神奇的梦，虽然在当时看起来只是梦想，以至于"跌醒"后有黄粱梦醒的感觉，但经过一百年来中国人的奋斗与打拼，这已经成为现实。可见，人们所谓的梦想，其实就是一种憧憬。以这样的道理，再经过一些年的努力，我们当下概念的"中国梦"成为未来的现实，不也是顺理成章的吗？

所以，"讲文明树新风"系列广告所展现的"中国梦"，其实就是对远景的一种描述，是以诚实的方式述说着未来的"现实"，以从容的心态讲述着将要到来的"故事"。在这里，"梦"只是一种载体，真正的内涵，是中国人的心里感知，是中国百姓生养于斯、奉献于斯的好日子与心灵欢乐。

上海人曾经的梦可以成为今天的现实，今天"中国梦"的憧憬，也一定是明天的现实。

◆《中国梦 就是咱的好日子》（农民画）
广东龙门 黄伟平作

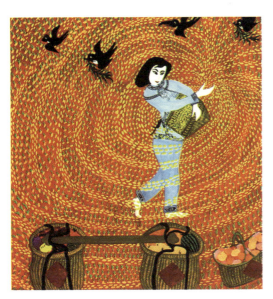

◆《当好人有好报》（农民画） 南京六合 丁广华作

其实，当下"中国梦"的概念里，没有一列列的数据，没有一个个的图表，我们只需要以诚实的态度，告诉正在奋斗着的人们：中国梦，就是让老百姓过上更好的日子的一种计划，一份蓝图，也是一个承诺。"好日子"是什么？好日子就是中国人自己快快乐乐地生活，好日子就是中国人在几千年前就提出来的"天下大同"理想的实现。

下面的两幅作品，一看便知道"好日子"的内容。"梦系列"所要送达的，就是人们一读而知的这种乐陶陶的感觉。

左上是广东龙门黄伟平的一幅版画作品，在加注《中国梦 就是咱的好日子》这样的标题后，"中国梦"的内容就鲜活起来，它与我们的日子、与我们的憧憬连在一起：中国人世世代代，相亲相爱，孝敬老人，养儿育女，即大同理想中的"老有所养、幼有所依"。

又如，《当好人有好报》，其标题意蕴来源于"几分播种几分收获"，这是善良的中国人的一种价值观，是勤劳的中国人自勉自励的一种人生信条。"讲文明树新风"所要传递的就是这种价值观。所以主创者将其命名为《当好人有好报》，朴素、诚实，让人在"微阅读"和"图阅读"中，有一种与智者对话的感觉。

还有一幅作品，更是于朴实中见出哲理，于诚实中读出大义，那就是《勤劳有饭吃 善良保平安》。

"勤劳有饭吃，善良保平安"这两句诚实的话，非常简洁地解释了很多理论家未见得说透的道理。有了中国人的勤劳，才有了中国在包括 2008 年的全球金融危机中一枝独秀！因为中国人总相信劳动是保证生活必需的万世不灭的常理，所以勤劳人的品德，在中国社会价值观里，是得到极大尊重与推崇的。而"善良"是中国人奉行的做人基本准则，中国人的所谓"种善得福"、"积善之家有余庆"说的就是"善良保平安"的道理。所以，这种诚实理念的推送，自然出现在"讲文明树新风"——"中国梦·梦系列"公益广告系列中，它所表现的是这个创作团队那特有的睿智和对于中国文化的深层理解、把握和解读。这样的作品，是有着时代穿透力的，也将成为公益广告命题理念中的样品。

在"讲文明树新风——中国梦"系列公益广告中，还有这样的一批作品，多是讲求

讲文明树新风
公 益 广 告

中国精神 中国形象
中国文化 中国表达

爱惜粮食
颗粒归仓

春播秋收四季忙，
换得五谷溢清香；
劳动成果倍珍惜，
有粮在手心不慌。
中华美德多惜福，
文明新风唱城乡。

铁林

中国网络电视台制 广东龙门 谭池发作

◆《爱惜粮食 颗粒归仓》（农民画）
广东龙门 谭池发作

中国传统美德的，通过美好的画面，传递善良、德孝的理念：

如《心洁白 道路宽》和《播种善良 收获吉祥》。

这些作品所产生的效果是非常直接的。因为所有这些公益广告，都将以国家话语形式出现在公众面前。除了几千家主流媒体发表外，还有全国各地的城市建筑围挡、居民生活区的宣传栏，以及公路、铁路、航空、城市公交枢纽等公共视觉空间。因此，这些劝善、崇德与励志类广告，以其艺术且又诚实的方式传递着"中国梦"的文化内涵，是老百姓愿意接受的，也是年轻一代倾力寻找和乐意传承的。

◆《心洁白 道路宽》 （农民画）哈尔滨阿城 李凡丁作

◆《播种善良 收获吉祥》 （农民画） 浙江衢州 郑根良作

◆《孝道 中国人的血脉》（泥人张彩塑） 天津 傅长圣作

其实，只要我们能够在中华民族的价值系统里播种、收获，我们这个民族什么大业都会干得出来，并且干得漂亮，干得轰轰烈烈，这是因为我们的文化基因里有着自强不息的血液，有着天下为公的责任与担当。"讲文明树新风"公益广告以其诚实的表达，把中国梦说得清清楚楚，明明白白。

如是，中国的梦圆日是不会很远的，就像当年上海的陆先生所期盼的后来果然如愿一样，中国人的梦想，就在那诚实的付出里，就在那耕耘播种的勤劳善良里。

⑤ "中国梦"的吉祥表达

"中国梦"是全体国人奋斗的一份计划书。它所呈现于中国老百姓心中的是一个民富国强、人民安居乐业、生态环境得到极好保护的美丽愿景。中国正在崛起中，中国崛起的迅猛之势，已成为世界很多会议不得不讨论和面对的问题。当下世界话语体系里，中国精神、中国形象、中国文化和中国发展模式，以及中国价值观越来越频繁地出现在观察家的视野之中。中国今天的现实，为自1840年以来的中华民族热血之士的奋斗做出了光辉的总结；而中国明天的表现，不仅是决定中国人未来命运的大事，同样也关乎着亚洲乃至整个世界未来政治生态和博弈格局。所以，有关中国梦的描述、中国梦内容的表达，注定会吸引世界的眼光。

在"讲文明树新风"公益广告系列里，我们显然能够看到工作团队的创作意向与主体思路，他们在除了尝试着"美丽表达"外，还有

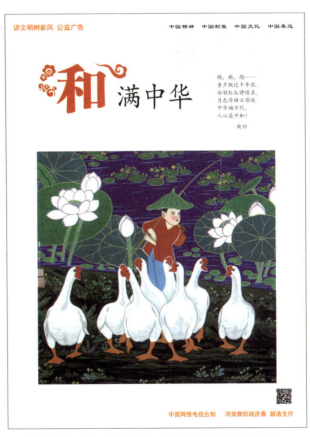

◆《和满中华》（农民画）河南舞阳 胡庆春 胡浩生作

中国圆梦 日子如歌

讲文明树新风 公益广告

中国耕神 中国形象
中国文化 中国表达
中国表达

中国网络电视台制　云南昆明 刘琼丽作

◆《中国圆梦 日子如歌》（农民画）云南昆明 刘琼丽作

着"艺术表达"的努力，这种表达是简单的，是诚实的，更是吉祥的。

吉祥的表达送给世界的是一片绿叶，是一缕春风，是一场夏雨，是一丛梅花。

有这样一组作品，颇能代表这个工作团队对于"中国梦"的解读所含的用意，那就是传达中国人对于世界和平的内心向往和对于和平发展的极力主张。在"梦系列"中，有农民画《和满中华》、《以和为心 前程锦绣》；有剪纸作品《中国梦 和为贵》、《和 国运昌》、《中国圆梦 和平发展》；有版画《和为贵》、《和 梦之曲》、《中国人和 中国吉祥》、《和 中华品格》、《人和路宽》。此外，还特别取用丰子恺先生带有些许禅意的漫画作品，表达了"和"的愿望，如《中国心 和》等。

那么，"讲文明树新风"公益广告的主要内容是什么呢？说起来也非常简单，那就是中国人价值观中最美好的部分。与上面所强调的"和"、"和为贵"、"和路宽"的理念一样，中华民族是个善良的民族，是个勤劳的民族，是个智慧的民族，更是个具有仁心爱意的民族。所以，我们看到的这个"梦系列"中，大量的作品表明中国人在奔梦途中的付出和中国百姓对于中国梦圆的憧憬，它们都是些阳光向上的主题，诸如：《摇橹奔梦乐陶陶》、《百姓圆梦百姓喜》、《圆我中国梦 福到家家门》、《中国日子呱呱叫》、《中国好年头

◆《圆我中国梦 福到家家门》（农民画） 河南舞阳 张新亮作

◆《中华圆梦 万民同欢》（农民画） 辽宁金州 王世宏作

百姓乐翻天》、《辛勤劳动 圆我梦想》、《中国圆梦 日子如歌》、《春天里插秧忙》、《劳动人 心里美》以及《我们奔梦 我们有福》、《中华圆梦 万民同欢》，等等。

又如《修身律己 扶正祛邪》、《去病了 就健康了》、《思无邪 走正路》、《有福人 心光明》、《孝 中华美德》、《耕读传家》、《一粥一饭 当思来之不易》、《人勤有福》、《勤劳善良福寿多》、《勤劳人家日子美》、《勤劳人家福盈门》、《劳动 最美的旋律》等，这些作品的主题表现，是要说明中国梦是要通过劳动实现的，只有劳动才能创造价值，只有劳动才能真正实现中国人的富裕愿望，才能实现中国国家强大起来的理想，民族复兴的伟大事业才能得以完成。要实现中国梦，就要坚持国人勤劳善良的美德，就要有不怕流汗勇于付出的工作态度，就要高举中华民族德行天下的大旗。中华民族是个知崇礼卑、敬老孝亲的民族，在它的价值体系里有着树高千丈的德义丰碑。因而我们在发展经济、壮大国体的过程中，决不能丢掉中华民族几千年道统。在这一理念指导下，"梦系列"公益广告中便出现了以"仁"、"义"、"礼"、"智"、"信"、"孝"、"德"等为主题的作品。天津杨柳青画社创作的《老吾老以及人之老》、《幼吾幼以及人之幼》、《己欲立而立人 己欲达而达人》、《中华传统 兄友弟恭》、《君子慎乎德》就是这方面的代表性作品。同样，河南舞阳农民画作品《孝聚祥瑞》、《人小孝心大》，山西广灵剪纸作品系列《有德者 前程远》、《积德者 有余庆》、《有德者 品自高》、《做有德君子》等传递的也都是这种美德的价值观。

通观"讲文明树新风"——"中国梦·梦系列"公益广告系列，大多篇幅是对中国梦的吉祥表达。满溢于公益广告画面的声声祝福里，每一位阅读者都将收获吉祥的喜悦：

这是对整个民族的祝福，这是为勤劳的中国百姓的祈福！如歌的日子，正是中国梦所蕴涵的，是中国百姓所追求的。

又如：《圆我中国梦 福到家家门》。

中国梦，就是吉祥梦；中国梦，就是德行天下的华夏龙族的东方大梦。"梦系列"通过对美丽中国梦内容的送达，让整个社会和百姓心中充满正能量，让我们生活的周边春风吹拂洒满阳光，这正是"讲文明树新风"创作团队吉祥表达的努力。

⑥ "中国梦"的护根性表达

在"讲文明树新风"公益广告系列作品中，有这样一幅《中国吉祥》的剪纸特别引人注目，甚至引起媒体的解读：

看得出，这就是中国百姓们最熟悉不过的十二生肖图案，分别是鼠、牛、虎、兔、龙、蛇、马、羊、猴、鸡、狗、猪。

中国的十二生肖，是中华历史、文化、习俗、价值观的体现，其独特的象征意义，蕴含着悠远的文化与民族信仰、民族品质，是中华民众家喻户晓的作为出生"纪岁"的文化符号，也是一种具有中国智慧的"表述符号"。中国农耕文化发达，其用于纪年纪岁的，都是身边牛马猪羊一类的动物，表明我们民族对于大自然中其他生灵的看重，是唯物的，而不像西方国家以星座纪年，表现出对于未知莫测的恐慌和神灵的崇拜。

《中国吉祥》作品的推出之

◆《中国吉祥》（剪纸） 山西临汾 郑月巴作

所以引起关注，在于"讲文明树新风"公益广告创作团队对于中国文化守护的内在意志，在对于有关中华民族"文化印记"一类的素材取舍上，他们着意于"守根培土"性的努力，着意于对民族文化的尊重表达。

中央文明办与中央电视台合作，有一档《我们的节日》栏目，这个栏目近些年来一直在做着一件事："长中国人的根，聚中国人的心，铸中国人的魂。"此次"讲文明树新风"公益广告，所做的是同一件事，只是载体不同，形式有异罢了。这一工作的意义与价值，是值得尊重的。

在传承优秀传统文化方面，"讲文明树新风"公益广告创作团队可谓细心、精心、尽心。从现有此类作品的发布频度上，就可知其匠心所在。这一类作品，细数还真有不少，如《仁爱》、《俭以养德》、《忠厚传家久 诗书继世长》、《善曲高奏》、《勤善人家有余庆》、《爱人者 人恒爱之》、《床前有孝子》、《老井恩深 饮水思源》、《孝感天地万物春》、《孝

讲文明树新风 公益广告

中国精神 中国形象

中国文化 中国表达

中国网络电视台制 天津杨柳青画社供稿

勤劳 读书 诚信 恤孤

《君子慎乎德》（年画） 天津杨柳青画社供稿

聚祥瑞》、《人小孝心大》、《仁者 人之所亲》，等等。

这些鲜活的画面和标题所注入的灵魂性主题，可以看到"讲文明树新风"所要传导的基本价值观，其所弘扬的、所推崇的就是我们民族的优秀文化道统，这个根本，是不可以动摇、不可以迷失的。中国梦之所以不同于欧洲梦、美国梦，是因为中国梦是属于中国人特有的天下为公之梦，是几千年前

◆《人小孝心大》（农民画） 河南舞阳 张新亮作

我们老祖宗就期冀过的"老有所终，壮有所用，幼有所长，鳏寡孤独废疾者，皆有所养"的"天下大同"之梦。

刘云山同志曾在《文化自觉 文化自信 文化自强》一文中强调："中华优秀传统文化是我们文化发展的母体，应当礼敬自豪地对待。源远流长、博大精深的中华文化，积淀着中华民族最深层的精神追求，包含着中华民族最根本的精神基因，代表着中华民族独特的精神标识，不仅为中华民族生生不息、发展壮大提供了丰厚滋养，也为人类文明进步做出了独特贡献；不仅铸就了历史的辉煌，而且在今天仍然闪耀着时代的光芒。"由此可见，传承优秀的文化是何其重要。对于中华民族的传统文化，我们应该取发扬光大、固土培根的态度。这次通过"讲文明树新风"公益广告团队的精勤努力，使受众从他们的付出中看到了培根固土的必要与价值。

这就是"中国梦"公益广告宗旨性语言"中国精神、中国形象、中国文化、中国表达"

《大德曰生》（版画）哈尔滨阿城 郭宇虹作

所付出的努力和结出的成果。

"讲文明树新风"公益广告做出这般的深度与美意，是因为有很多"发现"的眼睛在寻找，这种"发现"源于他们深厚的国学底蕴，源于他们高度的文化自觉与担当！

我赞美中国梦，是因为中国梦是各族民众利益的汇合点，也是中国力量的着力点、聚焦点和落脚点。我爱"讲文明树新风"公益广告，是因为这个系列的作品传承了我们的优秀传统文化，它以美丽的、艺术的、简单的、诚实的、吉祥的、护根性的表达方式，为我们描绘出了未来中国梦的绚丽与美好！

当下，中国国运正隆阳光正好，各族民众团结一心向着民族复兴的伟大目标迅跑，以不负当今时代这一难得的历史机遇，我们也因之得以形成披荆斩棘勇往前行的磅礴力量。这力量是铁，这力量是钢，这力量还是春雨，这力量还是和风，是"讲文明树新风"所吹来的一片和畅新风！

7 天安门广场的"中国梦"画意诗情

我是 7 月 6 日下午接到中国网络电视台"邱纯同学"电话的，电话里邱纯声音有些压抑的激动，说一清先生，我得告诉你个好消息，咱们大家伙儿共同参与制作的大型公益广告"中国梦"系列，已登上天安门广场了，广场上那两块长达几十米的 LED 屏上，有我们近五十幅作品的展示推送哩。那场景很让人震撼、振奋……你什么时候回北京啊，一定要来感受一下才好哩。

接此电话时，我正在长沙忙着话剧《毛泽东在长沙》创作事宜，不过也有了头绪了。第三天便赶回了北京，并在北京难得一见的滂沱大雨中到了天安门广场。

◆天安门广场上"中国梦"公益广告吸引游客的同时，也吸引了记者的镜头。

看到那么多人在"中国梦"系列广告下合影留念、流连忘返，内心十分激动，感到我们这个团队为此奔波忙碌了两个多月十分值得。

（一）

这次由中国网络电视台为主承担制作的"讲文明树新风"公益广告及活动，受到了多方关注，并获得了全国各地相关行业与机构的大力支持。这个系列"公益广告"所采用的各种艺术素材作品，均来自全国各地民间创作团队和艺人。

说起来，这中间有很多特别的细节与故事，相信也是很有趣味的。

关于这批公益广告"文化定位"的表达，也是大伙儿一起"议"出来的。记得我们一行人在从河北蔚县和山西运城

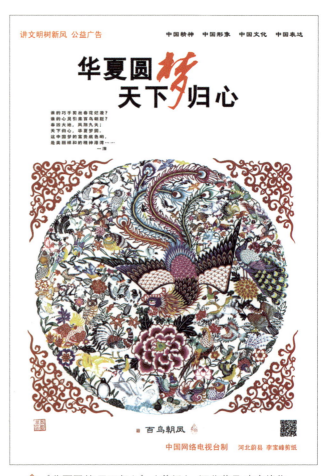

◆《华夏圆梦 天下归心》（剪纸） 河北蔚县 李宝峰作

回京的路上，中央文明办 W 先生、中国网络电视台总经理汪文斌先生，还有参与其事的赵树杰、邱纯等人，你一言我一语地为这个将要推出的"大系列"冠名，最后定稿于"中国精神、中国形象、中国文化、中国表达"，大家觉得这四字短语群很棒很给力，是有着一定高度的文化定位。把公益广告的设计与制作思路，放到了一个观照点上，可以在历史时空中穿越与汇聚，从而获取更自由的表达空间。

所以，在制作出的这批已然成为全国各大媒体作通稿发布之用的 500 多幅作品中，便出现了诸如《和满中华》、《生肖吉祥》、《大德曰生》、《自强不息 厚德载物》这般极具内涵与韵味的作品，细细解读，能让人感受到背后那一份文化的厚重。

当然，更多还是那些赏心悦目的如《中国梦 我的梦》、《华夏梦圆 天下归心》、《奔梦路上 霞光满天》、《朝夕奔梦》一类的作品，

◆ 天津泥人张彩塑林钢作品《中国梦 我的梦》及一清配诗。

清新、吉祥、阳光、向上，是一种催人奋进、青春重注的正能量，读之让人有耳目一新，阳光洒满心灵的那种明丽感受。

（二）

"讲文明树新风"系列公益广告出现在全国各大主流媒体和各城市建筑围挡后，我曾接受北京一家报纸采访。人家问了很多问题，其中重要且率先提出来的是，你们这个团队所选的制作素材是不是只有"泥人张"呢？我很纳闷于对方的这个提问，便告诉采访者，对于"泥人张"的配诗及作品见诸报端较多，可能是通稿发出后，媒体人在选择用稿时普遍地偏好泥人张作品式样，因而给人以我们更重视泥人张作品的倾向识读。

其实，公益广告制作团队在选取素材时，是十分认真，且顾及到了地方创作特色和各门类艺术间的平衡的。在分批发布于平面媒体、网络媒体及手机类公益广告和展板类、围挡类公益广告作品中，就有天津泥人张、杨柳青，河北蔚县、承德的剪纸、邱县漫画，山西运城、广灵、临汾剪纸，陕西户县、安塞、宜君的农民画与剪纸等；还有广东龙门、湖南隆回的版画创作等；上海丰子恺旧居陈列室的丰子恺漫画、金山农民画，江苏苏州、无锡、射阳、邳州、六合、丹阳、如东，浙江嘉兴、衢州，福建龙海、漳平，山东巨野、日照、潍坊，河南舞阳，黑龙江阿城，吉林东丰、桦甸，辽宁东港、岫岩、金州，湖北黄州，贵州水城、剑河，云南昆明、马关、腾冲等地方选送的农民画、版画和剪纸作品等。有的在我们的制作和"选材"团队看来觉得有"富矿"的地方，甚至去过多次，如河北的蔚县、山西的广灵、天津的泥人张等，就去过二三次甚至四次之多，反复地"淘"，反复地选。有时候发现一个有创意可为备选的作品素材，大家欢喜的程度，就像辛劳中发现了宝贝似的，彼此传看，欣喜不已。

比如那个泥人张"小姑娘"《中国梦 我的梦》，当初也就是存放在作品柜中的一个沾满了灰尘不起眼的小娃娃泥人作品，但一旦"发现"，经过清扫、亮色、拍摄后，情况就发生了变化，特别是赋予《中国梦 我的梦》这样的标题后，作品就有了灵魂。后来，世明先生提议，配一首小诗可能更有张力，便由我即席写了几行算作打油的"诗"，即成了如今的这个样子。

现在泥人张的这个"小姑娘"，几乎成了"中国梦"系列的"形象代言人"，这当中的故事，其实也是颇让人感慨的。这使人不由得想起罗丹说过的那句话来：生活中不是缺少美，而是缺少发现美的眼睛。

率先推出"泥人张"作品，还是我们在怀柔的一座山里学习时"练手"的尝试。作品在网上推出，后又经过平面媒体刊用后，社会反响很好，这对工作团队的付出无疑是一种积极肯定。受此鼓励，大家思路越来越活，路子也越走越宽了。创作团队充分听取各方面的意见，认真修改每一个细节，尽可能做到没有遗憾，类似于《绿色田野 满心希望》、《绿化祖国 我来了》这样的作品，一开始选来的原作，色彩暗淡，未能达到公益广告明亮、阳光的基本要求，工作室设计人员在此基础上进行亮化性质的二度创作，最终用于发布的同题作品，十分生动明丽。这样，一个作品的推出，从淘选到二度、三度创作，到设计大样，到送审，再到听取各方意见后的修改发表，是经过了若干环节的眼光审视的。所以，这批作品发表出来后能获得广泛的关注与好评，是与大家抱持的认真态度分不开的。想来，这也是这批作品最终能送到天安门广场发布的重要因素。

（三）

天安门广场，何其庄严的地方。

不管是中国人还是外国客人，如果到了北京，没有去天安门广场，心里感觉好像就没有来过北京。可见，这广场在人们心中的地位。

说实话，初闻"讲文明树新风"系列作品呈现在天安门广场的大 LED 屏上，我一时都有些不敢相信。毕竟，这是件大事，甚至可以说是一个文化事件。因为在人们记忆中，天安门广场只有两条标语是永恒的："中华人民共和国万岁"、"世界人民大团结万岁"。而在那两块超大的 LED 屏上，好像也只发"坚定不移地走中国特色社会主义道路"和"坚持科学发展观建立和谐社会"之类的内容，而今天，我们的"讲文明树新风"公益广告竟发布到了那样的平台之上，我们内心里的那份喜悦，是难以抑制的。

其实，关于天安门广场 LED 屏刊发内容的单一，或许是一个错觉。现在陆续于大屏上展示的还有《大美黄河》、《山水江南》、《美丽中国》等类内容。也就是说，通过天安门广场上的权威发布，这些公益广告已经走进我们日常生活中了。细心观察每天分时段的内容，其天天更新的美丽画面，让来天安门广场的人们都能感受美丽中国新生活的鲜活呈现。

◆《万马奔腾》作品放在天安门广场上更显得气势磅礴。

这块屏上所记录的中国人的笑脸与美丽山水，足以让爱国民众感到自豪与骄傲。中共十八大后，天安门广场的这些新"表情"，其实正是我们当下生活的真实映射，是中国人奔梦路上的真实呈现。由是想到，将"讲文明树新风"——"中国梦·梦系列"公益广告发布于天安门广场上，其实也在情理之中。

天安门广场，每天霞光布染之时，都有来自全国各地观瞻和见证五星红旗升起的人群，那一份作为中国人的骄傲的表情，来自于天安门每天展现的中国人的内心。天安门广场，是一个承载着所有中国人爱国情感的地方。"灿烂的朝霞，升起在金色的北京；庄严的乐曲，报道着祖国的黎明！"这是多少年来中国民众对天安门最庄重的印象和对首都北京最纯洁的感情。我们这一代人是哼着这样的旋律而不断加深对国家的挚爱而奠定基本的价值观与世界观的。"啊，北京啊北京，祖国的心脏，团结的象征，人民的骄傲，胜利的保证。各族人民把你赞颂，你是我们心中的一颗明亮的星。"此刻，在撰写这篇文章之时，心里一直默唱着这首描写天安门广场与北京的颂歌。由是，我希望我们的"讲文明树新风"公益广告，能为来此地游览的人们送去一种美好的感觉与记忆，让"中国精神、中国形象、中国文化、中国表达"的"中国梦"系列为流连于此的人们奉上一束明丽的阳光，将心底的喜悦留在这英雄的广场，将首都人民的热情带回家乡，这或者正是我们的"中国梦"系列所要追求的画意诗情。

附录：各地"讲文明树新风"公益广告发布掠影

首都国际机场

中国移动公益广告发布会

北京西单文化广场

嘉兴

濮阳

鄂尔多斯

天安门广场

宜昌

成都

大庆

上海

绍兴

西安

威海

丹东

莱芜

长春

曲靖

南京

嘉兴

珠海

岳阳

后记：特别的感谢

《诗画中国梦》就要出版了，我要感谢通过中国网络电视台授权于我的所有"讲文明树新风"公益广告原始素材的创作者，他们是天津泥人张、杨柳青，上海丰子恺旧居陈列室，河北张家口蔚县、承德、邯郸邱县，山西广灵、运城，河南舞阳，陕西户县，广东龙门，江苏南京六合、苏州桃花坞、无锡、镇江丹阳、盐城射阳、南通如东、徐州邳州，浙江嘉兴、衢州，福建龙海、漳平，山东巨野、日照、潍坊，黑龙江哈尔滨阿城，吉林东丰、桦甸，辽宁丹东东港、鞍山岫岩、大连金州，湖北黄州，贵州水城、剑河，云南昆明、马关、腾冲等地单位和个人。他们提供的泥塑、年画、漫画、剪纸、农民画、版画等作品，极大地丰富了"讲文明树新风"——"中国梦·梦系列"的内容，使这组公益广告因其画面生动鲜活而广受好评。

中国网络电视台总经理汪文斌、公益广告制作中心艺术总监邱纯，以及"讲文明树新风"设计团队工作室的全体工作人员，为这一组公益广告的选材、设计、制作，付出了极大心血，没有他们的努力，也不会有《诗画中国梦》这本书的成形与出版，因为他们所做的所有工作，都是本书的基础。可以说，没有"讲文明树新风"公益广告的大批量推出，就没有《诗画中国梦》出版的可能。

还要感谢大行天下文化传媒所有人员，他们为本书的出版提供了强有力的支持；感谢鄂尔多斯市委宣传部及苏建荣先生对本书写作的多方面支持；感谢北京鄂尔多斯艾力酒店的诚意襄助；感谢北京金源茂丰新技术开发有限公司为构建诚信社会打造的中国产品质量追溯平台，并同意本书率先使用"出版物版权追溯"系统；感谢中国书法家协会理事何满宗先生为本书题写多款精美作品；也感谢中国文明网联盟各地文明网"微点评"作者的付出。

最后，更要感谢红旗出版社社长徐永新、编辑室主任张佳彬等在内的为此书又好又快出版付出心血的人，还有求是杂志社和浙报集团的领导也对该书的出版给予了足够的关注和支持。

由于成书较为仓促，缺点与错误一定不少，敬请广大读者朋友不吝指正，您的意见将在第二版印行时得以采纳，届时红旗出版社也将赠送有作者签名的图书以为纪念。

一清

癸巳年初秋于北京

解读中国·瞭望世界

中国能赢：中国的制度模式何以优于西方

作者：宋鲁郑

ISBN 978-7-5051-2341-0　定价：36.00

制度的优劣因不同的环境而异，中国政体制度的不断演变和调整
是中国传统文化理性实用主义的再现。

美国能向中国学什么

作者：［美国］李淯

ISBN 978-7-5051-2347-2　定价：32.00

经济危机中的中国快速复苏、持续增长，是充满威胁的竞争者，还是
良师益友？纽约大学教授带你看美国人眼中的中国。

红镜头：中南海摄影师眼中的国事风云（上下册）

作者：顾保孜 撰文　杜修贤 摄影

ISBN：978-7-5051-2746-3　定价：98.00

著名红墙女作家、中南海红色摄影师，带你走入红墙内外，重温
共和国风云岁月，探秘领袖内心世界。

毛泽东在重大历史关头

作者：宫力　朱地　陈述

ISBN:978-7-5051-2458-5　定价：36.00

在中国革命和建设的重大历史关头，毛泽东是如何处理一系列重
大、棘手的历史问题的？中央党校权威专家为你深度解读。

铁娘子撒切尔

作者：［英］约翰·布伦德尔

ISBN 978-7-5051-2469-1　定价：30.00

本书为铁娘子撒切尔最具权威性的传记。作者约翰·布伦德尔是自由企业经济模式最有力的斗士之一，撒切尔同意由他来向世人解释"撒切尔主义"。

普京与梅德韦杰夫

作者：［芬兰］戴斯多·多尔瓦宁

ISBN 978-7-5051-2211-6　定价：32.00

俄罗斯沉寂十年、腾达十年，剖析"梅普"双核时代实践经验，窥探"治大国若烹小鲜"之道。

蒂姆·库克：苹果改变了世界，他改变了苹果

作者：［韩］金大源

ISBN：978-7-5051-2457-8　定价：32.00

"没有乔布斯的苹果还有戏吗？"乔布斯的继任者蒂姆·库克将带领苹果走向何方？他是一个什么样的人？走进这位幕后英雄的世界，你会得到你想知道的一切。

林书豪：我的梦想可以复制

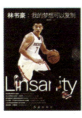

作者：林淑华

ISBN 978-7-5051-2364-9　定价：26.00

他的成功不仅是篮球界的狂欢，也是教育界乃至全社会的镜鉴。如何让年轻人坚持梦想，通过自身努力取得一席之地，是这个时代应该思考的问题。

鲍鹏山品水浒

作者：鲍鹏山

ISBN 978-7-5051-2319-9　　定价：50.00

鲍氏文风，汪洋恣肆，诙谐幽默；注重细节与逻辑，突出《水浒》中的人性、文化、思想内涵。

美国1774—1824：弗吉尼亚王朝兴盛史

作者：岳西宽

ISBN：978-7-5051-2716-6　　定价：36.00

要了解今天的美国，必须了解昨天的美国，必须追根溯源了解来自弗吉尼亚的开国元勋当时是在什么样的境况下创建了美国。全方位追踪美国开国五十年辉煌发家史。

图书团购信息

◆凡团购《解读中国·瞭望世界》推荐图书，可享受特定折扣。10 本起团，免邮费。
咨询电话：010—84016719。

◆凡团购《诗画中国梦》一书，可享受特定折扣。10 本起团，免邮费。
咨询电话：红旗出版社：010—64035072。
大行天下文化传媒：010—66132657，51916095。

"出版物版权追溯"二维码使用说明

电脑查询：登陆 www.cpzs.net.cn 输入凭证上的 16 位编码，同时刮开涂层输入验证码，查询"出版物版权追溯"信息；手机查询：手机联网状态下，打开"中国追溯"查询软件，扫描追溯码，同时刮开涂层输入验证码，查询"出版物版权追溯"信息；手机软件下载：用二维码软件扫描"出版物版权追溯"二维码，直接下载安装"中国追溯"软件或登陆手机软件市场即可下载安装。

秋树艳如霞，
火般年华。
立地顶天苍穹下，
正气浩然何挺拔。
巍峨我中华，
江山美如画。